トゥイ Tui

「……良い。良いな、お前。
めちゃくちゃ
強そうじゃねえか――

マリン Marine
メリッサ Melis

リーフ Leaf

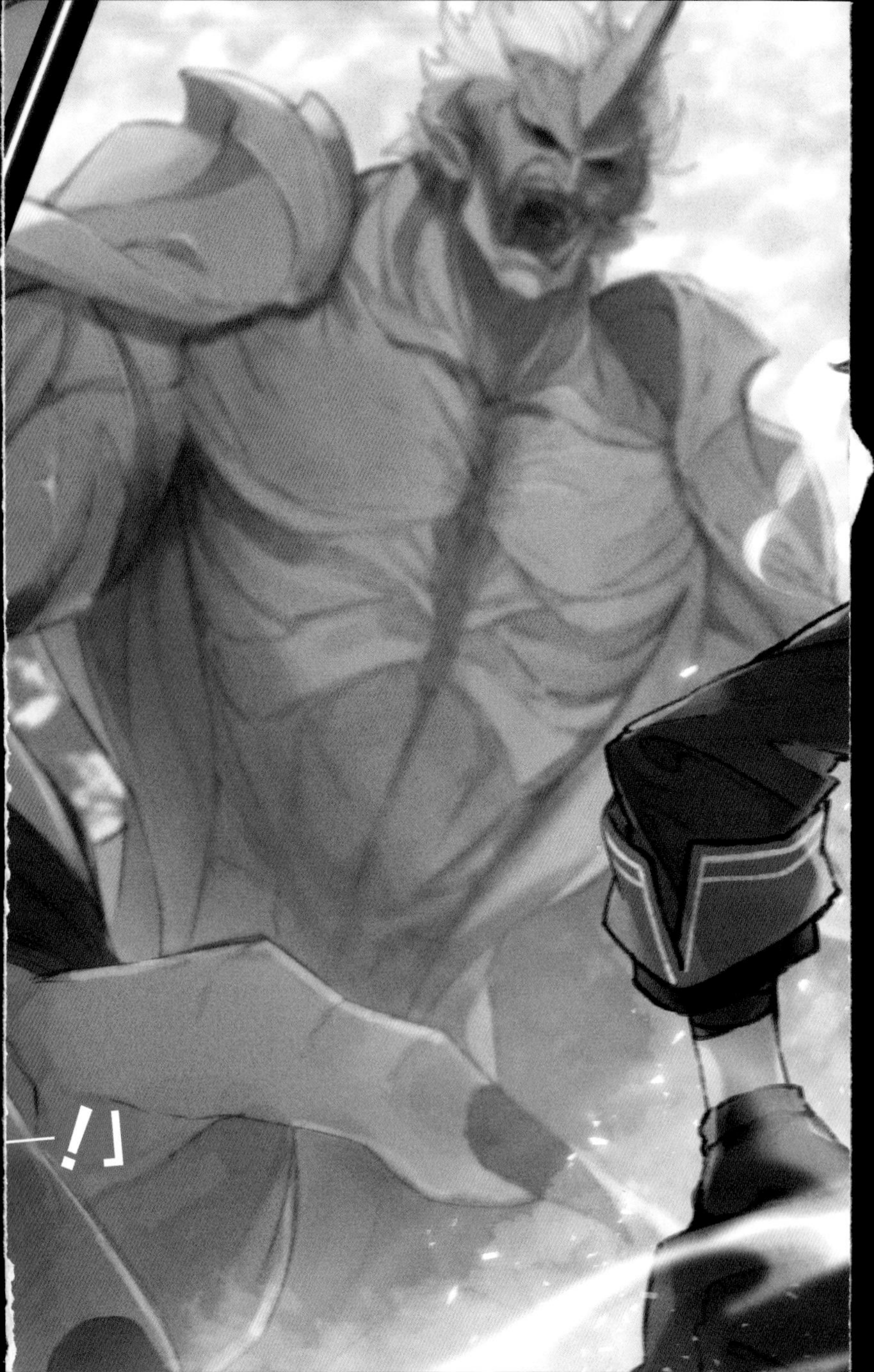

パイプ使いは紫煙を纏う
～俺だけが使える毒草からスキル無限採取術～
Sakumon Fujita
藤田作文
Illust: Rein Kuwashima
桑島黎音

Contents

第一話　樹の魂

「街を飛び出してもう一年くらいか……。アレはどこにあるんだ」

最底辺の冒険者と呼ばれている俺、リーフは樹海の奥深くで一人呟いた。

『樹の魂』というものがこの世界にはある。それは叡智の果実、万能の実、神の食物……様々な名前で呼ばれる事があるが、全てに共通しているのは、『一生に一つだけ食べることが出来て、人智を越えた力を授けられる』というものだった。

どの街に行っても見上げるほど巨大な植物に囲まれた世界で人々は、樹海と共に生きている。樹海は食物や素材を提供し、民は植物の生長を助ける信仰の心を与える。樹海からもらえる最大の恩恵が『樹の魂』だ。

子供の頃に抱いた、冒険者になって世界樹に到達する夢を諦めきれず、他人にいくら馬鹿にされようが自分なりに筋を通してきた俺が最後の望みとして単身この樹海に乗り込んでみたのだが……。

食料はとうに尽き、気の休まらない緊張状態が続くこの状況で気力だけが俺を動かしていた。

「しぶとさだけは自信があるんだ。何が何でも見つけねえとな」

ふと視界に兎型の魔獣が駆けていくのが見えたが……何だか、ひどく傷を負っているように見えた。その直後、大きな鷹型の魔物『サウジファルコ』が低空飛行して追っていく。

いつどこでも起こっている、魔物の狩りだ。この世は弱肉強食、隙を見せた兎が悪い……っていう考え方、嫌いなんだよな。

しかし、あのサウジファルコは俺より数段強い。相対して戦ったら瞬きの間に距離を詰められてあのくちばしの餌食になることだろう。今狙われなかった事を感謝して逃げるのがどう考えても上策だ。

「……ったく、仕方ねえなあ」

俺は無残な死体になった兎の死体のイメージがこびりついてしまった後ろ頭をガリガリとかいて後を追った。あいつのせいで今日の飯が不味くなるのはゴメンだ。

やや走った所で、今にもサウジファルコは兎に噛みつこうとしていた。その背後を取った俺はまず翼に剣で切り傷を付けた。強靭な肉体を持つ魔物でも、羽のような繊細な箇所は脆いものだ。

甲高い悲鳴のような鳴き声が漏れる中、地に降りようとするサウジファルコの首を見向きもせず、俺は兎を抱えて走り出した。

「お前を抱えてあんなの相手に勝てるわけねえ！　情けないなんて言ってくれるなよ！」

そのまま俺は数十分は走り続けただろうか。新たな魔物に出会うでもなく、木陰に潜みながら、どうにかサウジファルコからは逃げ切ったようだった。

「ほら、もう捕まんなよ」

俺は飲み残したポーションを兎にぶっかけて、その場を去る。傍目から見れば俺は一体何をしているんだと感じられることだろう。だが、弱いだけで迫害されるのが俺は大嫌いなのだ。

そして、俺には分不相応な樹海の奥地までやってきて俺はついに……ようやく、念願叶って『樹の魂』までたどり着いたのだった。だが……。

「よくぞ、この『樹の魂』にたどり着きましたね。冒険者様。ただのはぐれラビットを助けるなんて……奇異な方です」

『樹の魂』を手に取り考え込んでいると、ふと頭上から清涼な声が降りかかってきた。それと同時に、灰色の影がふわりと俺の背後に着地する。が、角度を間違えたのかころんと前転して俺の足下に這いつくばるような様になる。

数秒の、気まずい沈黙。少女は褐色の頬を僅かに赤くして何かを噛み殺すような顔つきをした。

「……よく、たどり着きました。私は森の番人。ウッドエルフの一族です」

「いやいや、無理がある。流石(さすが)にそれは無かった事にならないだろ。今もっかい自分の姿を思い返してみな？」

「そう、ウッドエルフには『樹の魂』を誰かが口にするまで守る規律があるのです。万が一魔獣に食べられてしまっては危険ですからね。ついでに、貴方が得るスキルを鑑定させていただきます。今後の資料になりますから」

すげー、どんなプライドしてるんだろう。絶対に認めない気だ。まあ、何でもいいか……。

少女が立ち上がって木の葉を払っているのを見守っていると、確かに彼女が森の番人と名高いウッドエルフの一族だと分かった。耳は長く伸び、褐色の肌の内にある筋肉は鍛え抜かれている。

おまけに、銀色の前髪を覗かせる額に水晶石のようなものが埋め込まれている。一説によると、ウッドエルフはその宝玉によって樹海の声を聞くらしい。

「これが、『樹の魂』であってるのか？」

「その通りです。いいから、さっさと食してください。私もいい加減この任務から離れたいんです」

「おまけにすげー素直……ま、あのウッドエルフ様の言うことなら間違いはないか」

まあ、確証が取れたのは有り難いことだ。素直にいただこう。さてさて、どんなスキルが身に付くやら……。

そして、一齧りして……感覚が、時間が歪んだような感覚に陥る。実の成分が体中を暴れ回っているのか、はたまた分不相応な力を手にした報いなのか……とにかくそれは、どうにも耐えがたい気持ちの悪さだった。

「うえっ……」

「吐き出しても無意味ですよ。たとえ一口でも口にしてしまえば、貴方はもう今までの貴方ではありません」

目の前の彼女の言葉さえどこか遠く感じる。そんな状態が体感的には数十分続いた後、ようやく俺の感覚が元に戻っていく。

「はあ、はああ……これで、スキルが？　何も……変わったようには思えないけど」

「では、鑑定しましょうか。小難しい儀式とか、もういいでしょう」

「俺はいいけど……もう少し、奇跡の果実に敬意を払わなくていいのか？」

「そもそもウッドエルフは森を愛しますが、だからこそ『樹の魂』を食らう行為を良しとしていません。しかし、力が無くては生きてはいけないこの樹海では致し方ないこと。ですので、信仰心を忘れないためにそれを食す際には祈りを捧げるのですが……私はどうも、そういう堅苦しいのは肌に合わないようでして」

そんな堅苦しい口調してるくせにな、と思ったが今はスキルの正体の方が大事だ。

「鑑定します……はい、貴方が得たスキルは、『ハーブマスター』ですね」

すると、告げられたのは聞いた事も無いようなスキルだった。一瞬ぽかーんとしてしまう。

「……聞いたこともないな。旅の最中では『剣聖』だとか『火炎の魔女』とか、分かりやすいスキルというか力を聞いたけど」

「そんなもの、本当に一握りの奇跡ですよ。大抵は使い道も限られたものばかりです」

「ふうん。それで、その効果は？」

それを聞くと、少女は初めて笑みを浮かべた。それも、嘲笑うような失笑だったけれど。

「植物なら何を食べても大丈夫になったようですね。どんな草葉や果実、キノコの毒性にも耐えきれる抗体が出来たはずです」

「ふんふん、それで？」

「それだけですね。良かったじゃないですか、樹海にいる限りは食事に困りませんよ？」

……。再び気まずい沈黙。しかしそれは、すぐに目の前の少女が発した笑い声によってかき消されてしまう。

「私も多くのスキルを見てきましたが、ここまで限定的なものは……人生でたった一度の進化で得られたのがそんなものとは、可哀相なものですね。ここまでの長い旅路、お疲れ様でした」

「おいおい、勝手に俺の冒険を終わらせるな！　別に良いだろ、毒が効かないってのはあれだ。いつか森貴族にでもなった時に毒殺される心配が無くなるんだから」

「あら、そんなご予定がおありで？」

「これからそうするんだよ、くそっ……じゃあ、例えばこいつも食えるのかよ？」

俺はその辺に生えていた顔ほどの大きさもある葉をちぎって口に詰め込んだ。草独特のもしゃもしゃ感と共に味が口内に広がり——

「まずっ!?　不味いぞ、これ！　何が何でも食えるだよ、ふざけんな！　せめて美味しく食えたらグルメの旅にでも行けたってのに！」

「ふふ、ふふふっ……残念ですね。いえ、それでもその草は数滴の毒素で飛竜さえ麻痺させるほどのものだったんですよ？　それを葉一枚口にして無事で居られる事が、スキルの恩恵です」

いや、実験するにしてもそんなヤバい葉っぱなら止めてくれよ。もし俺のスキルを貫通してきたらどうするつもりだった……ああ、そうか。ウッドエルフは森の事なら熟知していて鑑定にも絶対の自信があったから見て笑ってたのか。

「ちっ……まあいいよ。『樹の魂』の力が無くたって世界樹は目指せるからな」

俺はそうぼやきながら、懐からハーブの香りを楽しむためのパイプを取り出した。湾曲した吸い口に乾燥させた葉を入れるための小さな入れ物。これを吸えば、僅かにだが魔力や体力が回復し、集中力も増すと良いこと尽くめなのだ。

「あら、『魔香』ですか。それも持ち歩き型のパイプ……珍しいモノをお持ちですね」

「ああ。父が唯一遺していった俺にとって一番の宝だ。魔香でのヒーリングは冒険の基本だからな。助かってるよ」

魔香とは、通称『吸うハーブ』と呼ばれるもの。通常ならばハーブから有効な成分を取りだし蒸気として部屋に満たし、一時的に体力を回復したり、直後の訓練の集中力を上げるために広く使われるものだ。

それほど汎用性が高い魔香を、だが俺は昔憧れたとある光景に影響されて、このパイプでしか吸収しないと決めているのだった。

「しかし、あれは魔香炉があって初めて使えるもののはずでしたが……」

「ああ。だから葉を入れれば、その工程を全部一つでやってくれる持ち歩き型のパイプは貴重なんだ。ただの冒険者が持てるモノじゃないぞ。貴族の持ち物だ。どうだ、見直したか？」

「ええ、それはもう。お父様はすごい方だったのですね」

全く、減らず口だな。殺すとは言わない。ただ一度だけ全力のデコピンを食らわしてやりたい。

今俺の中にある感情はそれだけだった。

そういえば……通常魔香では決められた葉しか使わないけど、毒が効かなくなったらしい俺なら、新たなる魔香を生み出せるんじゃないのだろうか。

そう思いつき、先ほどちぎったばかりの龍さえ麻痺させるという葉を小さく刻んでパイプの中に入れてみた。

「プチファイア」

シュボッと指先に小さな炎が生まれ、それをパイプの中に投げ入れる。

「あら。魔法が使えるのですか？　剣を持っているから剣士だと思っていました」

「魔香を浴びるにも色々やり方はあるけど、俺はこれが一番好きなんだよ。そのために血反吐を吐く思いで習得したんだ」

「……本当に期待を裏切らない人ですね。そこまでしたなら中級魔法程度まで学んでおけばいいでしょうに」

「何を言ってる？　火種ならプチファイアで十分だろ」

何がおかしいのか、俺の言葉を聞いて少女はやれやれと首を左右に振る。まあ、今はこっちの方が大事だ。蒸気が仕上がったタイミングで、俺は恐る恐るパイプを口に咥える。

端的に言うと、この上なく美味かった。喉を通るハーブの香り、そして最上級の料理でも味わえないだろう深い旨味。それが血管を通るように全身を巡る。こんな幸せな気持ち……二十年以上生きてきて、初めてだ。

――『龍の加護』を習得しました。

その瞬間、妙な声が脳内に響いた。加熱すると性質が変わるタイプの草だったか？　まあ、毒が効かないと分かってるならなんてことはないが。

第一、少しくらい毒があった方が何でも美味いのだから。

「どうかしましたか？」

「いや、何だか妙な声が……」

「あら、ついに幻聴を――待ってください。この声は、まさか……!?」

聞こえたのか、と問う間も無く今度は俺の体を揺らすほど大きく、近くで何者かの咆吼が聞こえた。揺れる頭を押さえつけながら目をやると、そこには細長い植物で模られたような大型の魔物の姿があった。体格にしては細身な胴体に四本足で長い尾を持った姿。

「あれは、『災害』……本物の龍です！　私や貴方が敵う相手ではありません。いえ、一国の軍隊丸ごと相手でも……とにかく、逃げましょう！」

「そうだな。君は逃げるといい」

「ええ、こちらへ……って、何ですって？」

「冒険者の鉄則、その一！　可愛い女の子が背後にいるなら逃げるな、だ」

もちろん、今作った。が……あいつの移動速度は尋常じゃない。声の近づき方からして、遥か上空からここまで一瞬で舞い降りたのだろう。そんな強靭な翼を持っている相手に足で逃げても無駄だ。だからといって、二人揃って死ぬことはない。

「ここは俺が食い止める。数秒くらいは保たせてみせるから、逃げて里の連中にも知らせてやってくれ。ウッドエルフは貴重な人材、俺はただの冒険者。後は分かるな？」

「でもっ――」

その時、今度は明確な殺意を持って鋭い咆吼が暴風となって俺達の間を吹き抜けていく。どうやら、口論している暇はないらしい。俺はウッドエルフの少女の背を押し、自分から龍に向かって飛び込んでいった。

それは、言葉通り可愛い女の子を守るためなんかじゃない……。足が震える前に動くためだった。

そして、ハッタリのように声を大にして叫んだ。

「降って湧いた戦の場！　勝てば英雄、負けても死に花を咲かせられる。どっちにしても最期の一服は美味いだろうぜ。これを楽しまないなら、冒険者なんてやってる意味ねえよなあ!?」

それが、俺という人間なのだ。たとえ死ぬと分かっていても、俺は何者からも逃げない。そう心に刻んである。そして、死ぬ気も無い。俺はまだまだ、魔香を味わいたいのだから。

第二話　ハーブマスターの真価

一つ、爪が振るわれ三本の樹が倒れた。二つ、蔓龍（つるりゅう）が翼をはためかせ十本の大木をなぎ倒しながら近づいてくる。三つ、長い尻尾でなぎ払うようにして周囲一帯が更地と化した。

驚くべき事はその威力ではない。それほどの攻撃は……おそらく、動きやすい地形を作り出すためだけに行われたのだ。

これが、意思を持たない魔獣と思考する脅威、魔物の違いだ。

「ここが本当に俺の墓場かもなあ……ま、樹海に出た以上、どこに行っても栄養分になるって話だ」

——GYRRRR!!

いかに『災害』と呼ばれる龍でも、人の言葉は扱えないらしい。「つまんねえなあ……」という呟きさえ馬鹿らしくなってくる。

反撃の一つでもしようと剣を抜いた瞬間……俺は、自分の体が焼け焦げている幻覚を見た。全力で蔓龍に対して横に転がり逃げると、数瞬後には数メートル離れても灼けそうな火球が吐き出され、直線状の焦土が出来上がっていた。

「こ、これが龍のブレスか……こりゃ確かに軍隊がどれだけ居ようと関係ねえな」

この世界の植物の中には、鋼より丈夫な物もある。おそらく、これだけ深い樹海層に来れば十や二十はあったはずだ。それさえも溶かし尽くす火球の温度には何ものも耐えきれるわけがない。

「ウッドエルフの足は軽い。どの森に行ってもすぐに対応できる程の知識を持っているからだってな。なら、俺が稼がなきゃならない時間は……稼げる時間は、三十分くらいが限度か？」

これが一対一の正当な決闘なら話は違う。だが、今回はあくまで『災害』からの逃避が目的だ。戦うというより逃げるが正しい。ただ俺が、里にいるだろうウッドエルフ達より龍に近いだけだ。

――ＧＵＵＵ……！

そのうなり声に、俺はふと疑問に思った事があった。奴の体は植物で出来ている。なら、あんな温度の火球を吐いてどうして無事なはずがあるだろうか、と。

その証拠に、蔓龍の口元はやや焦げて煙を上げている。徐々に火元が食い込んでいっては超速再生を繰り返している。だから自滅することは無いだろうが……もしかしたら。

「はっ――！」

俺はまだ熱気の立ちこめる焦土を走って蔓龍の懐に潜り込んだ。大型なせいで動きは鈍重。長距離飛行の移動速度と戦闘中の反射速度は違うのだ。

そして、思った通り……絶対に必殺であろうあのブレスは吐いてこない。連発が出来ない仕組みか、そもそも間近で放ってしまえば蔓龍自体が耐えきれないのだろう。

攻撃を加えるなら今のうちだ、と腰から剣を抜いて全力の上段斬りを打ち込んだ。だが……硬い鱗（うろこ）に阻まれたわけでもないのに、剣はあっさりと跳ね返されてしまった。

確かに蔓龍の体は硬いのだろう。この剣だって別に駄剣ってわけじゃない。なのに……この蔓龍の皮膚はぶにょりとした、というのが一番正しい感触だった。硬すぎて斬れないのではない。強固な柔軟性に腕力が耐えきれなかった、というか。

「……蔓一本も斬れないってのはショックだな……っ！」

その隙を蔓龍が許すわけもなく、咄嗟（とっさ）に避けたというのに鋭く巨大な爪が俺の横腹ギリギリをかすめる。たったそれだけで、体が真っ二つに折れたような激痛が腹部に走った。

「ぐっ……なん、つーパワーしてんだよ……！」

それはそうだ。あの魔力の通った大木を消し去ったこいつだ。俺なんかがその攻撃に耐えられるわけがない。

「げほっ……一旦様子見か」

俺は喉から染み出てくる鉄の味を噛みしめながら背後を振り返って、そういえば辺り一帯は更地になっていたんだと思い出す。樹海の基本戦闘である樹を使った動きが一切できない！

再び襲い来る爪。今度は突きの動きだった。ならば、と外套を脱ぎ爪を受け流した。敢えて柔らかく包むだけにしたのは、威力に逆らわず外套ごと切り裂かれないためだ。

続いて振るわれるもう片方の爪を予感して大きく距離を取る。すると、予想通りの地点に爪が振るわれた。やっぱりそうだ。この蔓龍……戦闘の駆け引きなど知らない。

同じパターンの攻撃で数多の敵を屠ってきたためだろう、もしくは俺を舐めているからなのか、とにかく攻撃パターンがある程度固定されている。

爪、爪と来たら……ここで尻尾による薙ぎ払い！

俺が地を這うように身をかがめると、すぐ真上をひどく重たい音と風圧を残しながら蔓龍の尻尾が過ぎ去った。

「もうどれくらい経った……？　ウッドエルフ達は逃げ切れたか……？」

爪先に絡まった布に意識がいってるらしい蔓龍を前に逃げ出すなんて、まだ出来る事があるのに諦めるなんて、そんなの俺じゃない。防戦一方なんか、ガラじゃねえや。

俺は蔓龍の腕から肩へ、そして長く伸びた首の先にある頭……より詳細に言えば目を狙って唱えた。

「プチファイア！」

それはただの火種にしかならない威力だが……いかなる魔物でも眼球までは鍛えられないはずだ！

蔓龍は言葉にならない絶叫の声を上げて首を振り回す。だが、そのために肩で止まっておいたのだ。振り落とされはしない。が……そこで、蔓龍は自分にまとわりついた羽虫の存在に気付いたようで口から灼熱のエネルギーを放ち始めた。まさか、自損覚悟で撃つつもりか⁉

咄嗟に俺は蔓龍の肩から下りて腹の下に滑り込み、回避を試みる。だが……次に蔓龍がした行動は、たった一歩のバックステップだった。

――これが狙いだったか！

蔓龍は口の中のエネルギーを収め、尻尾で俺を叩こうと大きく体をねじる。どうにか避けられて……って、そんなわけはない。右足をかすめただけで膝から下の骨が折れてしまっていた。

「ぐっ……ちく、しょうが！」

ドシン、と蔓龍が再び大地に舞い降りる。その顔はどこか、もう勝利を確信したかのように見えた。だが、足が一本折れたくらいで諦めたと思われちゃ困る。

「あと、出来る事と言えば……何か、何か！」

ちょうど目の前に蔓龍の足があって……その時、俺の脳にある閃き（ひらめき）が走った。ハーブマスターという新たに手に入れた力。そして、相手は植物の集合体だ。それなら……。

「喰らうっ！」

思い切り噛みついてみた。理論上では、俺はどんな植物でも食える体になってるはずだ。なら、植物で出来ているこの蔓龍を食えないはずがない！

そして、その行為は良い結果と悪い未来を呼び込んだ。

俺の目論見通り、蔓龍の前足にあたる部分の蔓はあっさり食いちぎる事ができた。とはいえ、一束程度のものだが……この敵に関してのみ言うなら、やはり歯の方が効くらしい。

まあ、相変わらずえげつなく不味いのだけど……思わずくらりと目眩がするほど。

しかし、その一噛みが蔓龍の逆鱗に触れたのか、俺が体勢を崩した隙に反対側の前足が振り上げられるのが見えた。だが、今からでは回避もままならない――。

――ＧＲＹＹ！

大木を一撃でへし折ったあの爪が、容赦なく俺の横から襲い来る。メリ、と自分の体から聞いたこともない音が鳴るのが分かる。

ああ、ここまでか。本能的にそう悟った。まあ、俺にしては十分時間を稼げた方なんじゃないだろうか。ウッドエルフ達が無事ならいいんだけど……って、俺そんなガラじゃないんだけどな。

俺は思い切り吹き飛ばされ、焦土の熱に焼かれながらゴロゴロと転がる。そして、その際に……

蔓龍があのブレスを吐いたのだけが見えた。人智を嘲笑うようなとんでもない炎が近づいてきて、悲鳴さえ出なかった。

あーあ……死にたくねえなあ。やっぱ、何の成果もなく誰にも看取られないってのは、虚しいもんだな。


——『龍の加護』が消費されました。


骨の髄まで焼かれた。そう思った瞬間……俺は、あり得ないことに気付いた。

樹海を焦土にしたあのブレスをモロに浴びたはずなのに、俺には傷一つ無かったのだ。さらには、先ほども脳内で聞こえたあの声が耳にこびりついていた。

そして、ふと閃く。

「さっきの……魔香の効果か？　聞いたこともないぞ、あんな威力の火球を防ぐスキルなんて……。いや、待て。確かこれって葉をパイプで吸った時に聞こえてきたから……！」

それはもはや直感頼り、わらにもすがる思いだった。もしこの隙を活かせなければ俺の命は無い
——！

「プチファイア……！」

蔓龍から嚙みちぎった蔓を数本パイプの中に突っ込んで火を入れた。蔓がパイプに入りきらないために、はみ出た蔓の端から炭になっていく。

その味は龍麻痺の葉より極上、香りもこの世の物とは思えないものだった。煙を吐き出すのも惜しいほど、体内に巡れと深く味わう。

その結果は……。それを思い描いて、俺は再びパイプの中身を一吸いして、蔓龍を見下した。

「はっ。残念だったな、『災害』の蔓龍。たった今、お前に勝つ準備が整っちまった。他ならぬ、お前のおかげでな」

第三話　災害の魂

――GEEYYAAA!!

蔓龍は怒りを咆吼に変えて俺に一直線で向かってくる。やはり、こういう部分はどんな名前が付けられていようと魔物……単純型の思考だ。

だが、ただむやみに爪を振るっては来ない。蔓龍は飛び上がり思い切り強靭な尻尾を振り回した。

当然、真上からの超広範囲の攻撃など避けようもない。だが……俺にはそれを防げる確信があった。

「……良い皮膚持ってんなあ、お前。まあ、今となっちゃあ俺もだけど」

その蔓龍の一撃は俺の体を捕らえた辺りでピタリと止まった。むしろ、反動で蔓龍自身が体勢を崩して地に落ちてきてしまう始末。そりゃあそうだろう。剣が弾かれただけであの衝撃だったんだ。全体重を乗せたぶん回しの衝撃が返ってきたら無事ではいられまい。

そう、蔓龍の蔓で作った魔香を吸った瞬間、俺にはこう聞こえていたのだ。

――『蔓龍の皮膚』を習得しました。

それはきっと蔓龍の持つこの上なく丈夫な外殻を自身で再現できるということだろう、というのが今回の一戦における俺の賭けだった。結果は……ご覧の通りだ。

「筋力差を無視するほどの弾力……魔力が馬鹿みたいに使われていくけど、一瞬なら使えなくもないな。じゃ、今度はこっちの番だ！」

まさに形勢逆転。俺は未だ衝撃から立ち直れていない様子の蔓龍の腹に飛び乗り、蔓を噛みちぎっては捨てていく。生物である以上、心臓はあるはずだ。それは神性生物でさえそうだと聞く。

――もし、この世の全ての植物から力を取り出せたなら。

そんな話は、いくらでも聞く。それは一山いくらの英雄譚だったり、神話で語られていたり、子供が夢を見たり。そんな奇跡みたいな話だ。

「またスキルが消えたら困るからな……お前の蔓を吸いながら、魔力を何千本分でも吸い尽くしてやるよ。蔓の特徴と言えばエナジードレイン……寄生(パラサイト)だからな」

そして蔓龍は先ほどより大きめの火球を口内に作り出す。自分の体ごと俺を焼く気か？

「いいぜ、我慢比べといこうじゃないか……『超速再生』に使うのは、全部お前の魔力だけどな」

今の蔓龍の黄色い瞳には、俺はどんな風に映っているだろう。一息吹けば消し飛ぶだけの存在だった俺に、ハズレスキルを得ただけの俺に食われる……叩いて潰そうとも焼こうとも、ただ自分の魔力が消えていくだけ……。

俺は思わず、パイプの煙をふっと短く吐き出して口元をつり上げていた。

「いつになっても、気持ちの良い瞬間だな。逆転劇って奴は」

——あれから何時間、いや何日、何年経っただろう。俺は蔓龍に刺され斬られ燃やされ、幾百もの『超速再生』と『寄生』を繰り返して、その度にひどい激痛に襲われながら必死に蔓龍の魔力を吸い上げることだけを忘れずに耐えていた。

そして……耐えきった。蔓龍の猛攻は叫びと共に激しくなり、やがて断末魔のような声を漏らして沈黙した。

「はっ、はっあああ……ざまあ見ろ」

勝利宣言をするが、もう体がボロボロでろくに力も入らない。

そりゃそうだ。寄生主が死ねば蔓もまた死ぬのだから。自分の体の事くらい、自分が一番分かるというがあれは本当らしい。あまりに魔力の出入りが激し過ぎて魔神経はズタズタ。そんな形で再生された肉体はあまりに無残。

もはや倒れようとする体を支える理由もなく、俺は蔓龍の残骸の中に倒れ込んだ。しかし、『災害』と呼ぶに相応しい龍を打ち倒したのだから、もう虚しくも何ともない。

「……あれ、何だ？」

そんな時、掠れつつある視界の隅に、脈動する何かが見えた。パイプで最後に残った蔓の一本を吸い終えた、ちょうどその瞬間。ソレは浮遊するように俺に向かってきた。

これはおそらく、蔓龍の心臓。そう断言できるのは、それほど蔓龍の肉を味わいすぎたからだ。アレからは、その魔力を数千倍に強めたような香りがする。見た目はまるで脈動する果実。言うなれば……『樹の魂』の上位にあたる何かのように感じる。

「『樹の魂』は、二個食えば死ぬんだっけか……？」

そう呟いた途端、久しぶりに脳内に声が聞こえた。死にゆく俺の幻聴かどうか、そんなことはもうどうでもいい。


——貴様ならそれができる。

だが、その声は先ほどまで聞いていた蔓龍の鳴き声にひどくよく似ていた。

——我を食らった貴様こそが、次なる『災害』の担い手だ。

どちらにしろ、『超速再生』がある以上、蔓龍の心臓をそのままにはしておけない。こんな化物、生かしておいては安心してヴァルハラにも行けやしない。

「生き延びりゃ、人類を脅かす『災害』に成り下がって……このまま死ねばお前が復活するってわけか……。はっ……どっちにしろ、食うしかねえじゃんかよ」

その言葉通りに、心臓は俺の左手の平に落ちてくる。もう声は聞こえない。後はどうぞご自由に、といった所か……。最後まで、ふざけた奴だ。

これを食らえば死ぬかも知れない。いや、十中八九死ぬだろう。だから……蔓龍をここまで食った俺が食うべきなのだ。毒を食らわば皿まで。盃（さかずき）を差し出されて断るなんて真似、出来るわけがないだろう？

「んぐっ……ぐ、あ、ああ……ああああ――――！」

ひと思いに心臓を呑み込んだ。相変わらず魔香にしていない植物はクソ不味くて食えたものじゃない。だが、それ以上に……体が作り替えられる感覚がえげつなかった。

もはや酩酊感とかそういうレベルじゃない。俺の脳内にあった細胞を一つ一つ爆発させて代わりを埋め込まれるような苦痛だけだった。

今となっては死さえも怖くない。自分が自分で無くなるような、そんな感覚が……俺には、何よりも恐ろしかった。

俺はいつ上げたかも分からない己の絶叫を遠くなっていく意識の中で感じて、完全に脳ごと斬られるように唐突に世界が暗闇に包まれた。

——この日生まれたのは、英雄か。それとも新たなる『災害』か。それはまだ誰も知るところではない。

◇

それは走馬灯だった。直感的に理解出来たのは、目の前に見える全てが俺の過去だったからだ。

そこに映っているのは、見た目だけは格好良いと言われたことがある、すらりと高い背に短い黒髪、色白の肌……だが、残念ながら冒険者に外見は関係無い。

古くは冒険者の街、帝都へ訪れたところから始まる。一緒に冒険者になろうと来ていた幼なじみは既に『樹の魂』の力を持っており、初期の待遇で俺とは大きな差が生まれていた。

あいつは冒険者ギルドの内の一つ、ディアナギルドに特別待遇で迎え入れられ、俺は馬小屋暮らし。冒険者としての力を磨こうと訓練する日々、その日暮らしの生活費を稼ぐための仕事。

時には過労で倒れるほど訓練所に籠もり、木の根を齧り泥水をすすって生きてきた。いつか必ず、俺だって前に進めると信じていた。他の誰が「出来損ない」だとか「見込み無し」だとか「冒険者の面汚し」だとか言ってきても、俺は一切折れることは無かった。

それは、幼なじみが『金獅子』というパーティを築いて俺を徹底的に晒し上げ『無能のリーフ』だとイジメ始めてからも変わらなかった。いつか必ず、努力は報われる。いつか必ず、下積みは力となる。そう信じていた。それこそが汚泥まみれになった俺の唯一の誇りだった。

それから五年。ようやく俺も冒険者の最下級に位置する銅級の中でもさらに最底辺に加わることが出来た。が、ここからはまた新たな地獄の始まりだった。

受付嬢レリーは熱狂的な『金獅子』ファンで、そのイジメの対象である俺の担当受付なんかを真面目にこなすわけが無かったのだ。実入りの多い依頼は『金獅子』に送り、または他の受付嬢に譲って媚びへつらい、俺にはドブ浚（さら）いの仕事くらいしか与えなかった。

冒険者と受付嬢は二人で一つ。その相棒がそんなザマでは、俺に成長の好機も出世のチャンスも訪れなかったのだ。でも、いつかは……そう思って担当受付ぐるみのイジメにも歯を食いしばって耐えた。

この世は弱肉強食。弱い俺が悪いのだと自覚していた。だから、訓練は馬鹿みたいに続けたし、頭も心も強くしてきた。

それからまた十年。ついに俺は帝都を出た。イジメに耐えかねたのではない。誰にでも分かる、納得させられる力を探す旅を始めたのだ。それから一年以上が経ち……ようやく『樹の魂』と巡り会えた。

と思ったら……そこで、走馬灯はあまりに唐突な終わりを迎えた。どうやら、もう俺の命は長くないらしい。

だが、不思議な事に後悔は全く無い。俺は俺に出来る最大限をやったし、全力で生きてきた。その事だけは、悔いちゃならないと思うんだ。

以上、冒険者リーフの走馬灯。くそったれな人生の最期に『災害』と相打ちするという死に花を咲かせてやったぜ。どうか、拍手を……そんな事してくれる奴、いないけどな。

◇

そして、『災害』が消えた気配を感じたウッドエルフの少女、トゥイは目を覆う程の有様となった蔓龍の暴れた跡地にたどり着いた。そして……倒れた蔓龍の骨の中で眠っている青年、白い肌に漆黒の髪をした穏やかな顔つきのリーフのもとへゆっくりと歩く。

「生きてる……生きていらっしゃいます！　すぐに里で治療しますから、どうか耐えてくださいね……。私達の恩人を、死なせなんてしません！」

その騒ぎは、やがてリーフを連れ帰ったと同時に里中に広まることになる。『災害』が人間に負けた事は長い歴史では幾度かあれど、単独でそれを成したのは史上初めての偉業だった。

第四話　生還

　ふと、ひどく甘い匂いを感じた。それに導かれるように意識が覚醒していき、全身に力が戻っていることに気付いた。嗅いだこともない匂いだが……きっと魔香だろう。そして、右手だけがいやに温かい。

　俺の記憶にあるのは、蔓龍の心臓を口にした所まで。しかし、死後の世界だと思わなかったのは右手の温もりが俺を現実に繋ぎ止めておいてくれたおかげだと思う。

　ふと目を開けると、そこは大型のテントの中だった。生活感のある程度の散らかり方をしていて、家具は全て木材で造られているようだ。

「ここは……？」

「目が覚めましたか？」

　単なる呟きのつもりで声に出すと、意外にも返事があった。その涼やかな風のような声は……と首を動かして見ると、そこには『樹の魂』の前で出会ったウッドエルフの少女がいた。

　そして、右手に感じていた温もりは、彼女が握ってくれていたかららしい。もしかして、目覚めるまでずっと側に居てくれたのだろうか。

「無事だったんだな。良かったよ。手当もしてくれたのか？　ありがとう」

「それは全てこちらの台詞です……本当にありがとうございました。貴方のおかげで私も里も救われました。良ければお名前を教えてはいただけませんか？　私はウッドエルフのトゥイと申します」

「ああ、そっか。自己紹介もしてなかったな。俺は冒険者のリーフだ」

そう返すと、トゥイは銀色の髪ごと縦に揺らし、「リーフ、リーフ様……」と噛みしめるように何度も呟いた。

そして、手を離して両手を床に付けると、深く頭を下げた。床に広がる長い銀髪に俺は思わず狼狽(うろた)えてしまった。

「リーフ様。この度は『災害』という未曽有の危機から救っていただき、誠にありがとうございます。里を代表して、まずはお礼を申し上げます。そして……貴方に取ったあまりにも無礼な態度を、どうかお許しください」

「ま、待て待て。頭なんか下げるな。俺は俺がやりたいようにやっただけだ。感謝も謝罪もいらねえ。そう言ってくれるだけで十分だよ、本当に」

別に俺はトゥイを助けたくて戦ったわけじゃない。結局は自分が戦いたかっただけだ。剣も抜かないままに死にたくなかっただけだ。

「しかし、それではこちらの気が済みません」

「いいよ、堅苦しいのは嫌いなんだろ。龍と戦ったなんて話、帝都に帰った時には良い土産話になるだろうぜ。ま、信じちゃくれないだろうけどな。ははっ」

　俺は帝都の定める冒険者格付けとしては、最下級……『銅級』冒険者だった。だからこそ、『樹の魂』を探す遠征には誰も付いてきてくれなかったのだ。そんな奴が龍を倒したなんて話、酒場で笑い話になるくらいしか無いだろう。

「私は信じます！　世界最悪の『災害』に勇敢に立ち向かい、ただ私を守るためにあんな姿になってまで戦い抜いた貴方という英雄を、絶対に否定させなんてしません！」

　それは、まだ短い付き合いだが、あまりにトゥイらしくない熱気だった。何とも言えない沈黙が俺達の間を通り、トゥイは「……すみませんでした」と小さく零した。

　と、その時テントの中に入ってくる新たな人物がいた。随分老いた男のウッドエルフで、リーフのものより大きな宝玉が額に輝いている。

「待たれよ。それではこちらが困るのじゃ。ウッドエルフの長として、受けた恩には報いなければならん。リーフ殿と申したか。どうか我らに、恩返しをさせてはもらえぬか」

「長老……盗み聞きですか？」

「リーフ殿が目覚めた気配を感じたから来たまでよ。しかし、お主があんなに熱く語るのは初めて聞いたのう」

不快そうな顔つきをするトゥイに相対して顎に生えた白いヒゲを撫でるその様は、なるほど長老だった。となると、この里で一番偉い人か。ウッドエルフは排他的な種族だって噂を聞いたことがあるけど、こうしてみると懐は広そうだ。

「どうじゃ、リーフ殿。儂らにあるのは樹海の知識だけではない。あらゆる樹海で見つけた、古代武器なんかもあるぞ？」

「いや、受け取っても俺には扱いきれないよ。俺には剣の才能は無いんだ」

「ふむ……では、防具ではどうじゃ？　かつて邪龍の一撃さえはねのけたというコートがあったはずじゃ」

「だから、そういう話じゃないんだって。俺はまだ未熟だ。あまり強い道具に頼りたくない。それに、俺にとって最強の防御術は手に入れたしな」

その後も、「金になる財産なんかはどうだ」とか勧められたが、俺はかたくなに拒否した。あまり派手な報酬を持ち歩くのも危険だし、帝都に持ち帰っても不審に思われるだけだろうと思ったのだ。

「うむ……非常に欲の無い青年じゃな。しかし、儂らは何でも礼がしたい。里の窮地を救ってもらった上に、貴重な『災害』のサンプルと未知のスキルの存在を知られただけで十分過ぎる恩があるからのう」

「もらえる立場ならもらったけどね。『銅級』の冒険者がそんなモン持ってたらどこで襲われても

「ならば、我らが誇る知識なんかはどうじゃ？　歴史に興味が無いと言うのなら、里で一番の薬師を紹介しよう。最終的には調合書を持っていってもらうことになるが、基礎くらいは経験者から学ぶのがよかろうて……それに、お主のスキルにも合っておるじゃろう？」

言われて、驚く。全く、食えない爺さんだ。トゥイが見落とした俺のスキルもお見通しってわけか。

だが、悪い話じゃない。自分でハーブの調合が出来れば助かる場面も多いだろうし……何より、魔香の新しいブレンドにも使えそうだ。

「よし、それじゃあそこら辺で手を打とうぜ。そもそも、勝手に感謝されてるなら俺も悪い気分じゃない。俺の頭にしまっておける物なら持ち帰っても問題ないだろう」

「うむ。最初は採取の段階で、それが何なのか分からぬ植物も多かろう。この里に居る内はトゥイを側に付けさせようかのう。いかに毒が効かんといえど、まともな薬を作るためには主立った薬草を知っておくに越したことはないからの」

その言葉に、トゥイがびくりと肩を竦ませる。もしかして、嫌だったりするのだろうか。もしそうなら、彼女を助けた事になる俺としては心に甚大なダメージが残るのだが。

「あの……良いんですか、長老。あの書にあるのは禁断の――」

「固いことを言うのではない。門外不出のものじゃが、リーフ殿なら悪いようにはせんじゃろう。

元より、人間の薬師では理解できぬ調合法ばかりじゃ」

　そんな二人のやりとりはどこか聞き流したまま、俺はいつものようにパイプを手に取って咥えようとして……そういえば、あれほどの戦闘だったのにこのパイプだけは無傷だったな、とどうでも良い事を考えていた。

「何より、儂は思うのじゃ。リーフ殿は樹海の本当の力を引き出せるのかもしれん。確かに、世界樹に至る者の器かもしれんとな」

「ん？　ああ、そうだな……せっかく拾った命だ。また世界樹を目指す事にしようかね」

　俺は、どこの樹海に行っても聞く、冒険者にとって最大の夢である世界樹について、しばし思いを馳せていた。

第五話　家に帰るまでが探索です

「リーフ様、こちらがリベンジ草というもので、主に切り傷に効く薬草です。葉の形が特徴的なので、一度覚えてしまえば簡単に採取できますよ」

「ああ、聞いたことはあるな。でもあれって、本当に気休め程度だろ？」

「このまま塗りたくればそうですね。しかし、ウッドエルフの調合術を使えば効果は段違いです。最高品質の切り傷薬は切断された指もくっつけることが出来るそうですよ？」

　俺はそうして、数日をかけてトゥイと共に樹海探索をしていた。冒険用のポーションなんかは俺もよく使っていたが、その原材料までを知るのは薬師の仕事だからと知らないままだった。

　まさかこんなに沢山の薬草があって全部用途が違うとはなあ……残念ながら、これはもう一朝一夕で片付く知識量じゃない。せめて慣れるまでトゥイが居てくれたら別なんだけど。

「この葉は？　なんかネトネトしてるけど」

「カラミ草です。素手で触ると皮膚が焼けますよ。その手袋をしていれば大丈夫ですけど……飲み物に混ぜたら喉を完全に焼く事もできそうですね」

「ふうん。それじゃ、魔香にしてみるか」

俺はその中でも、強い毒性を持つ物を中心に魔香にしていた。俺は薬師として生活するために学んでいるんじゃゃない。あくまで俺の冒険に必要な知識を学んでいるだけだ。

そうなると、『ハーブマスター』というスキルを使わない手がない。俺は龍麻痺の葉から『龍の加護』という強力な防御スキルを一時的に身に付けられた事で思ったのだ。強い毒素を持っている葉にこそ、強いスキルが隠れているんじゃないか、と。

「それにしても、あの時は申し訳ありませんでした。見たことも無いスキルだったとはいえ……いえ、だからこそもっと詳しく調べるべきでした。まさか、植物に宿る力をそのまま使えるなんて思いもせず……」

「もう何十回目だよ、その話。構わないって。俺の体がどんな毒草でも食えるだけって事に変わりは無いんだからさ。ただ、魔香にしてみればスキルとして身に付くっていう応用があっただけだ」

実際、未だに俺の体がどうなっているかは長老でも分からないらしいしな。魔香から得られる効果の吸収力が異常なほど高まった、くらいしか分析できていない。

しかし部屋に匂いを満たす一般的な魔香では何の力も得られなかった。では人前で毒草をパイプで吸う場合も問題があるかというと、毒素を俺が吸い取ってしまうらしく、周囲には珍しい香りだとくらいしか伝わらないのだとか。

検証の結果として……俺がパイプで毒草を魔香として吸った場合にのみ、中に含まれる毒を吸い込むことができ、俺だけにスキル習得という結果が生まれるんじゃないか、ということだった。

「さて、収穫収穫……」

「リーフ様、さっきから毒草ばかり摘んでませんか？」

「んな事ないって。それに長老も言ってただろ？　可能な限りサンプルは摂取した方がいいってさ」

悪びれもしない俺に、トゥイは腰に手を当てて睨み付けてくるが、気にしない。

カラミ草を手袋越しに摘み取って、パイプの中に入れて火種を付ける。この辺りの作業はもう慣れたものだ。

「んー、悪くは無いな。癖が強いけど、香りが強烈で……それでいて十分に力が付く。これは、当たりを引いたかな？」

そう呟いた瞬間、また脳内で声がした。あの日から四度目のアナウンスだ。

――『清水』を習得しました。

「どうですか？」

「『清水』だってさ。これって確か水魔法の資質だよな？　これで念願のプチファイア以外の魔法が……！」

「そうですね……資料にも載ってたスキルです。極めれば湖を作るほどの水流を生み出せるはずですよ」

そうして、心の中で水よ出ろと念じる。そして手の先から……チョロチョロとごく僅かな水が滴り落ちた。それだけだ。

「……失敗？　ハズレ？」

「いえいえ、十分当たりです。スキルを使っても消えていないのでしょう？　なら、この樹にはいつか『樹の魂』が生るのかもしれませんね」

そして、もう一つ分かった事がある。どうやら、俺が摂取できる力には二種類あるようだ。

分かりやすく例を挙げるなら、一つは『龍の加護』。あれは一度使えば消えてしまう代物だったが、性能自体は完成されていた。だが、今の『清水』のように使っても消えないスキルは、未完成の状態で身に付くようなのだ。

いずれ『樹の魂』となるはずの樹から実が生る前の状態で、実ではなく葉から力のひな形を収穫しているからそうなるのだろう、とのこと。要はスキルとなる力の端っこを齧る事ができるってわけだ。

『蔓龍の皮膚』はその間だな。即座に一本の蔓としての性能を得られたけど、体に染みこませるまでにあれだけ激しい戦闘での酷使を必要とした。死にかけるまで使い切って、ようやくモノにしたようなものだ。

「つまり、これも鍛錬が必須ってわけかあ……」

「『樹の魂』が与えてくれるのは才能です。どれだけ伸ばせるかはその人次第ですよ」

「ま、そのうちね……俺が今一番欲しいのは自衛の術、すなわち攻撃手段であって。今のままでもパイプの中に入れる水分くらいは『清水』で作れそうだしね」

「ウッドエルフとしては有り難い話ですけどね。一時的なスキルを得られるものは『樹の魂』が生る可能性が無く、恒久的に身に付くものには『樹の魂』がいずれ出来ると判断できるわけですから」

　トゥイはそう言うが、正直言って俺にはつまらない話だった。『樹の魂』が生る前からスキルを収穫できるのは大きな強みだったが、『樹の魂』自体には俺はもう興味を失っていたのだ。

　何しろ、蔓龍戦後二つ目を口にしてあんな思いをしたばかりだ。もう一つ食べてみよう……とは、中々思えない。そりゃ、力不足で本当に死んでしまうよりはマシだが、あの拷問を望んで迎えようとは誰でもしないだろう。

「これで三つ目の収穫スキル……『筋力増加』と『土造り』に次いで『清水』か。どれもこれも訓練しなきゃ使えないなあ……」

「でも、この樹海の中には『剣聖』だってあるかもしれませんよ？　数日で三つのスキルを手にして……それで文句言ってたら怒られちゃいますよ」

「正直、今の俺が『剣聖』を手にしても意味ない気がするんだよなあ。完成品のスキルを身に付けたなら急激に切れ味が変わるんだろうけど、未完成スキルを習得した所で『剣聖になれるかもしれないですよスキル』になるわけじゃん？」

まあ、それはそれで十分過ぎるとは思うが。つまるところ、俺はスキルを乱獲できるものの、完全に習得するまでに時間はかかる。それまでの間に『剣聖』持ちの剣士に出会えばあっさり負けてしまうような気もしているのだ。

それを人は熟練度の差、という。剣を握ってから十数年経つスキル無しの剣使いに、伸びしろがあるだけの『剣士』のスキルを持った子供がいきなり勝てるかというと、それは別の話、というやつだ。

まあ、それこそ『剣聖』クラスの完成されたスキル補正というものは、時に身に付けた瞬間から師範を打ち倒すようなジャイアントキリングを起こすほど凄いのだろうけど。

「それでも、この味は確かに当たりだな……爆葉とかいうあの草と混ぜたらいい香りになりそうだ」

「あの、リーフ様。決してそれを私に吸わせようとはしないでくださいね？」

「分かってるよ。美味い魔香を吸いたいだけの個人的な趣味だ。他人を巻き込むつもりは無いさ」

毒入りの魔香なんて放った暁には、めでたく立派な犯罪者だ。無論、一般的に使われている魔香炉はそういったことが起こらないようになっているが、少々古い型のパイプでは毒素も関係無く煙にしてしまう。

「いいえ、この数日で分かりました。リーフ様は樹海を歩く怖さを知りません。帝都からここまで来られた事が奇跡のようです。薬草と毒草の違いも分からなければ天候も樹海の樹が地面に根を張らない理由も知らないんですもの。これじゃ、心配しちゃいますよ」

「はっはっは。その辺は若さと根性でね……それに、俺に付いてきてくれる導き手、地図師なんて居なかったんだ」

と、その時だった。ぞわりと全身が総毛立つ気配を感じた。これは魔力の圧に呑まれたわけじゃない。経験則として知っている驚異に恐れたのだ。

目前百メートル先に見えるのは……のっそりと歩く四足歩行の灰色熊に似た魔物。口内に収まりきらないほどの牙と剝き出しになった筋繊維。あれは間違いなく……。

「初狩の悪魔(ザ・キラー)だ」

「弱者を見分ける魔物ですね。自分より強い者には手を出さないために長生きはしますが……あれほど育った個体も珍しいですね。しかも、戦闘中じゃありませんか？」

何だって、とよくよく見てみれば、鈍重な動きではあれど細い木々をなぎ倒しているのが分かった。魔物や魔獣は意味も無く樹海を傷つけたりはしない。しかも、ザ・キラーが戦っているということは殺せる相手と判断されているということ。

——誰か、誰か居ないの!?　仲間が皆……!

そして、そんな悲痛な叫びも聞こえてくる。これで見殺しにすれば、明日の魔香はさぞかし不味いことだろう。

「マズいかもな。加勢に行くぞ」

「はい。私は弓での支援しかできませんが……」

「十分だよ」

◇

現場に駆けつけると、そこには三人の冒険者が敗れた跡と一人の人間の女の子の姿があった。倒れた冒険者達の遺体はあまりに無残なために、すぐに視界から外した。これをただの女の子が目にすれば、そりゃ怯（おび）えもするだろう。

真っ赤に染まった腕を振り上げた初狩の悪魔（ザ・キラー）の姿を見て、もう一刻の猶予も無いことを思い知らされ、『筋力増加』を発動して背後から思い切り殴りかかった。

「ぐっ……」

火事場の馬鹿力、と言うべきか。今俺に発動できる『筋力増加』の効果よりずっと強力な一撃が放たれた。

だが、そのおかげか悪魔は幾本もの大木を貫きながら吹き飛んでいき、十分な距離が取れた。手の骨が砕けたような気がするが、即座に『超速再生』が発動し始める。全く、便利な体になってしまったものだ。

「あ、あんたは……？」

泣きべそをかいていた少女からそう問いかけられる。青ざめた表情をしてはいるが、可愛らしい顔立ちをしていた。だけど、つり上がった目尻からはちょっとキツ目な印象を受けるな。燃えるような瞳が赤い髪によく似合う。

「ただの通りすがりだよ。怖かったろ……もう安心しろ。後は俺が引き受けた」

「む、無茶よ！　『銀級』の三人が手も足も出なかったのよ？　あれは普通の初狩じゃない。素手で勝てる相手じゃないわ！」

少女はそう叫ぶが、奴を殴った手応え的にはむしろ軽かった。たとえ『銀級』といえど……だからこそ油断が生まれることがある。護衛の三人がそんな風に殺されたら、相手が想定外の化物に見えても仕方ないか。

俺は悪魔が帰ってくるまでの間、パイプを取り出してマハト草を刻んだものを投入した。これはシンプルな性能故にどこでも手に入りやすく、効力も『一時的に魔力放出量を上げる』という単純な魔香バフだ。

もちろん、俺以外の人間が口にすれば三日は動けないだろうが。

「いいから。後は任せてくれよ。あの三人の事は残念だった。でも、必ず君を助ける」

「あ、あたしは……助かるのっ……？」

「約束するよ。トゥイ、診ててやってくれ。それと、もし俺が帰ってこなかったら……くそったれなディアナギルドに伝えておいてくれ」

　そう言ってすぐに訪れるだろう反撃に構えるが……しかし、悪魔は中々帰ってこない。あいつの執念深さは身を以て知っているけど……何か、嫌な予感がする。死角から襲われても敵わないしこっちから出向くか。

「リーフ様、十分にお気を付けください」

「分かってるよ。ヤバそうだったら逃げるさ」

　そうして俺は悪魔が飛んでいった方向に向かって走り出した。三分ほども走った頃だろうか。崖下のようになっている天然の壁に埋め込まれるようにして四肢も千切れそうになっている熊型の魔物を確認した。

　それを見て、俺はようやく確信した。

「なるほど。お前は初狩の悪魔の中では飛び抜けて弱かったんだな。それなら、銀級パーティが慢心したのも分かる。だが、腐っても悪魔と呼ばれる魔物だ。不意を衝いて噛みつく事は出来たって所かな」

　銅級の一番下に居る俺には分からないが、熟練の冒険者は即座に敵の強さを見極めるという。それ故の罠でもあったわけか……俺も、気をつけないとな。

「だが、ここでお前を取り逃して成長されたら面倒だ。悪いが、死んでくれ」

俺が一歩悪魔に近づくと、奴は左腕を犠牲にして亀裂から逃れ、俺を威圧するように大きく吠えた。だが、そんなもの……蔓龍の圧に比べればまだまだ、だ。

「手負いの獣が一番恐ろしい。逃がすわけにもいかないし、俺が殺されたら馬鹿みたいだ。どうしたもんか……」

少し考えて、俺は臨戦態勢を解いた。だらりと体から力を抜き、冷めた視線でザ・キラーを見下した。

このくらいまでやると、魔物相手にでも挑発は通じるのだ。悪魔はよだれをまき散らしながら突進してくる。あの巨体と勢いで真正面から突っ込んでこられたら、吹き飛ばされない人間など居ないだろう。

だけど……俺の中には僅かな焦りも無かった。それどころか、どこかワクワクしていた。あの日、俺は蔓龍の全てを食った。その結果を、今見ることが出来そうだと思ったのだ。もし力足らずで死んだなら、俺が間抜けだったというだけの話……。

ただ、顔に傷を付けられるのは面倒で左腕を悪魔の顔の前に差し出した。そして、奴は渾身の力を込めて飛びかかってくると左腕に噛みついた。

「……やっぱり、そうだ」

しかし、その強靭なはずの牙は通らない。『蔓龍の皮膚』は確かに俺のスキルとして染みついているのだ。しかも、はからずも悪魔の攻撃を無効化するほどの効力を以てして。

「どうした？　舌で舐めるだけじゃ相手は殺せないぞ？」

ふう、とパイプから煙を吐きながらさらに挑発する。これ以上逃げられて取り逃すのはゴメンだからな。

しかも、今や悪魔の巨体を左腕一本で持ち上げることが出来るほどの筋力が備わっていた。これはきっと……俺の体が『災害』に成った事と関係あるんじゃないだろうか。そう、例えば……まだ未熟な『筋力増加』スキルと『災害』の力が混じり合って尋常では無い強化がされている、とか。

「本当に今の俺には『災害』としての力が備わってるらしいな……答えは見つかったよ。じゃあな、初狩の悪魔」

俺はそのまま地面に向かって悪魔を固い樹海の地盤に叩きつけて、拳を握って頭蓋を割った。俺も冒険者だ。命なんていくらでも摘み取ってきた。だけど……これまでにないくらいあっさりと勝ててしまった。

傷一つ無く、たった一撃で。知略も本能も意地さえも踏み潰す、まさに『災害』に、なってしまったんだと今の一戦で自覚した。

「……戦いって、こんなもんだったっけか」

俺はそれにどこか絶望感に似たものを感じて……返り血にまみれるのも構わずその場でひざまず

いた。どこか口寂しくなり、残った魔香を吸いながら、ただただ目の前の死体を見つめていた。

第六話　大剣のメリッサ

　メリッサ・バロナーグは稀代の女剣士だった。齢六にして大剣の宝具『リバンステイン』を扱い、倒木を真っ二つにした話は帝都の誰もが耳にした所だ。

　帝都中の冒険者が彼女が成長した暁には自分のパーティに、と言っていたらしいが、彼女はそもそもが冒険者になるつもりは無く、ただ剣の道を突き進もうとしていた。

　そして、赤い髪を振り乱し血化粧を浴びてなお笑みを浮かべて大剣を振るう様から、『紅姫』の異名を持つまでに至った。さらに十年後、ついにメリッサは『樹の魂』と巡り会う。父親が持ってきたその『樹の魂』を食べると、彼女には『剣神』のスキルが授けられた。

　周囲はこれでこそ名門バロナーグ家の子女だと大いに持て囃（はや）した。もはや、帝都ではメリッサとまともに目を合わせる者すら少なくなっていき、強くなるにつれてメリッサは孤独になっていった。

　そう。その瞬間、メリッサは思ったのだ。そんな称号を受け取って、自分はただの試合しかしたことがない。そして、闘技場ではもう負け知らずだ。ならば一体、何のために剣の腕を上げているのか……分からなくなってしまったのだ。

武術を競わせるために人死には必要ない。それは当然の話だ。数多の武術大会で優勝し、メリッサは自分こそが最強の剣士である事を疑わなかった。

そんなある日、父はメリッサに告げた。世界を知るには、やはり冒険者になるべきだ、と。最初はメリッサも乗り気じゃなかったものの、「このままでは井の中の蛙（かわず）になってしまう」という言葉が反抗期だった彼女の精神を逆撫でした。

そして、メリッサはウルドギルドに所属し、旅に出た。メリッサの理想は高く、広大な樹海を導いてくれる『地図師』を求めてウッドエルフの里を探しに出たのだ。勝手に護衛気取りの銀級冒険者が三人付いてきたが、邪魔をしないなら、と許した。

しかし、道中でやはり襲いかかってくる魔物は剣の錆（さび）にもならないような雑魚ばかり。

「ふん。何が井の中の蛙よ。お父様も大げさね。あたしの敵なんか居ないじゃない」

だが、いよいよウッドエルフの目撃証言があった辺りにたどり着いた時、悪魔と出会った。

初狩の悪魔の名は冒険者になりたてのメリッサでも知っていた。だが、所詮脅威度はCランク。まさに初心者狩りの生物でしかないのだ。

実際、自分達を狙ってきた悪魔を何体も討伐してきた。バッグに入っている悪魔の牙の数がメリッサの強さを裏付けていた。

しかし、今回出会った悪魔は話が違った。通常より四倍はある体軀に、皮下に収まりきらないほどの筋繊維。食らった人間の数だけ成長すると云われる牙はメリッサの持つ牙の十倍はあった。

そして、悪魔は一瞬の間に三人の銀級冒険者をバラバラにしたのだ。怯え、当惑、混乱……様々な感情が、メリッサを動けなくしていた。

「誰か、誰か居ないの!?　仲間が皆……！」

そうして、童のように叫ぶことしか出来なかった。そして、確かに自分は蛙だった事を思い知らされた。世界にはこんな化物が蔓延(はびこ)っているのだと、痛感した。

それはそうだ。今まで出てきた大会は全て年少の部。扱ってきたのは互いに刃を潰した訓練用の剣。魔物退治だって、宝具の切れ味に助けられてきた。そんなものが『剣神』など、笑わせる。本物の戦を、彼女は知らなかったのだ。

だが、その化物がさらなる化物に吹き飛ばされた。その瞬間、メリッサはいよいよ死を覚悟した。しかし、彼女のもとに現れたのは、美白の肌に漆黒の髪の優しい笑みをした冒険者だった。装備からして銅級以下の、いかにも頼りない印象を受ける……それが、リーフだった。

「後は任せてくれよ。あの三人の事は残念だった。でも、必ず君を助ける」

彼はそう言った。見ず知らずの自分のために、アレと戦うと言ってくれたのだ。その言葉に縋(すが)るしかないメリッサは、思わず涙を流していた。

仲間が三人死んだことよりも、自分の命が助かることに安堵して涙が止まらなくなってしまったのだ。

「あ、あたしは……助かるのっ……？」

「約束するよ」

そうして彼は走り去ってしまった。その背を見ながら……メリッサは自分の心の弱さが情けなくて悔しくてたまらなかった。

たとえ数分でも、黙って閉じこもっている事に耐えられず、ようやく立てるだけの気力を取り戻したメリッサは怪我が無いか診てくれていたウッドエルフの少女に、こう告げた。

「……追うわ。あれは一人の力じゃどうしようもないもの。あいつがまだ生きてるなら、背中から斬るくらいの事はできるはず。これ以上、あたしのせいで人が死ぬのは嫌よ……！」

この切り替えの速さに、メリッサの強者たる所以が垣間見える。涙を拭い去り、意志の強い瞳に戻ったメリッサを見て、トゥイもこれなら大丈夫だろう、と彼女と共に立ち上がった。

「いかにリーフ様といえど、確かに悪魔相手では不安です。ですが……無茶な横やりは入れないと約束してください。あの悪魔は弱い者から狙ってきます。リーフ様の戦いの邪魔はさせませんよ？」

その言葉に、またメリッサの負けん気の強さが発揮される。悪魔は弱い者からいたぶる。それは常識だ。だからこそ、四人のパーティでメリッサだけが初撃を逃れたのだ。

しかし今度は、あの頼りなさそうな男の方が圧倒的に格上だと、トゥイは口にしたのだ。メリッサとて、今は自分の程度を知ったとはいえ十年近く最強と呼ばれ続けてきたのだ。そんな気遣いは、無礼に他ならなかった。

どうせ苦戦しているのだろうし、借りを返すためにも自分が討伐してやろう……そんな腹づもりでリーフが居た場所までたどり着いた。

しかして、そこにあったのは完全に破壊され尽くした悪魔の姿と、その返り血をたっぷりと浴びて何かに驚愕したような、絶望したような瞳をしたリーフだった。

「流石リーフ様……いらない心配でしたか」

「あいつが、一人で……無傷で、勝ったっての？」

「見れば分かりませんか？　あの方はたった一人で『災害』を討伐した男ですよ」

いよいよ、メリッサは笑えてきた。世界は広い。『災害』といえば、現れるだけで国が一つ滅ぶと云われているほどの存在だ。だが……不思議と、それを疑う気持ちは湧いてこなかった。

湧いてきたのは、同情の念だった。その絶望にも似た彼の姿にはいつか鏡で見た自分を連想させたのだ。戦う意味が分からなくなってしまった、その時の言いようのない感情。

「分かるわ。自分が一番上だと確信したら……次に何をしていいか、分からなくなったんでしょ。でも、安心しなさい。必ずこの恩は返すから。いつか私が本物の『剣神』になった時……あんたの遊び相手になってあげる。だから、待ってなさい。恩人、リーフ――」

これを以てして、対悪魔戦は終了した。リーフは自分が確かに『災害』になってしまったらしい事を自覚し、トゥイは改めてとある決意を固め、メリッサは新たに出来た追うべき背中を見つけた。

それがどんな結末を生むかは、きっと神にだって分からないだろう。

第七話　幕間・女子トーク

俺達は戦死した冒険者を三人、樹海の中で焼いていた。硬い地盤故に地面を掘る事さえできない樹海では、戦死者は燃やされる。放っておけば魔物に食われてしまうからだ。

「あたしは、あんたに勝てるようになるまで離れないわ」

それが、窮地を脱した直後のメリッサの言葉だった。

両手を合わせて冥福を祈った後、彼女の瞳は赤く燃えていた。この切り替えの素早さは流石冒険者といった所か。

「俺なんか、そう大したもんじゃないぞ。君は銀級なんだろ。俺は銅級の最底辺。比べるまでもない」

だが、そんなリーフの言葉をメリッサは信じなかった。その強さは先ほど自分の目で見たばかりだ。そして、そんな謙遜は強者には似合わない事をメリッサは知っていた。

「そんなはずはない。このあたしが認めたのよ。いつか絶対に……あんたを退屈させないくらいの剣士になってやるわ」

そう言われてもなあ……というのが、リーフにとってのメリッサとの初対面の印象だった。

「もうっ。どうしてあんなになよなよしてるくせにあんなに強いのよっ！」

トゥイの部屋で世話になっているメリッサはそう言って鎧を脱いで下着姿になった。葉を編んで造られた布団に潜ったトゥイがメリッサに問いかける。

「リーフ様のことですか？」

「そうに決まってるでしょ。剣の腕は素人以下、使える魔法はプチファイアだけ。スキルは毒草を食べられるだけ？　なのにあの悪魔を単独で討伐するなんて、どこの神様が憑いてるってのよ！」

メリッサは納得がいかなかった。強者には強者たり得る理由があるべきなのだ。そうして初めて人は人を讃えられる。はち切れんばかりに鍛え抜かれた筋肉でもいい、唯一無二の最強スキルでもいい。何か理由が欲しいのだ。

そうでなければ、ただの化物ではないか。化物を愛することなど誰にもできないではないか。

「……リーフ様は、強いんですよ」

「だからその理由が――」

「きっと、他の誰よりも心が。絶対に勝てない相手でも、背中を見せないんです。背後に誰かがいる限り、決して逃げないんです。それがたとえ初対面で失礼な態度を取るような愚か者でも……助けてしまう。それが、リーフ様の強さなんだと思いますよ」

そんなに愛おしそうに言われては、メリッサも面と向かって否定できない。じゃあ、とメリッサはトゥイと一緒の布団に潜り込んで、話を続ける。

「何よ。トゥイだってリーフとは付き合い短いんでしょ？」

「はい。ついこの間会ったばかりですよ。それでも……私の世界を広げてくれた人なんです。私はウッドエルフとして生まれ育って、全てを知ったような気分でした。諦めなければ拓ける道がある。弱い事なんて言い訳にならない。戦った者にこそ、未来はあるんです。それを教えてくれました」

その瞳に映る誰かの姿に、恋の色はなかった。里に同世代の子供がいなかったトゥイはまだそこまで感情が育っていない。だが、懸命に脅威に立ち向かう戦士への尊敬の念は持っていた。

「ふうん。心が、ね……あたし、あんまり精神論って信じないんだけど、あんたが言うならそうなのかもしれないって気がしてくるからずるいわ」

「あ、あとリーフ様はどんな毒草からも力を得られるスキルの持ち主ですよ」

「それをっ、先にっ、言いなさいっ！」

メリッサはムニムニとトゥイの頬をいじる。ふにゃふにゃとした声がトゥイから漏れるが聞き取れない。しかし、ようやくメリッサは納得できた。

そもそもの話、毒は薬より強い。特に、こんな『未開拓』樹海に生えている毒草は帝都の周囲では見られない猛毒を含んだ草も多いはずだ。それを無効化出来るのなら……さらには力に変えられるのなら、見たことも無い力が発揮されてもおかしくないのだ。

これは、ある意味で間違ったスキルの使い方を知らないトゥイでは出なかった発想だ。メリッサは冒険者になってからスキルについて詳しく調べたからこそ理解できた。

例えば水をいくらでも飲めるスキルの持ち主がいたとする。言葉通り湖さえも飲み干せるのだが、その水は消えたわけではなく、主の中にある。すると、吐き出すこともできるということ。衛生面はともかく、水には困らないし極めれば戦場を水に沈めることも出来る。

それが、スキルの応用だ。それに満足したのか飽きたのか、メリッサはようやくトゥイの傍を離した。

「なるほどねー……意外とスキルって、ピーキーなものの方が強い事も多いのよね。もちろんその分扱いは難しいし本領発揮まで十年単位で時間がかかったりするんだけど……」

「メリッサは詳しいんですね。私の世界って、やっぱり狭かったみたいです」

「……」

そこで、メリッサはつり気味な目をさらにつり上げてトゥイを指さす。

「別に良いんだけど……何であたしだけ呼び捨てなの？　そんな丁寧な口調なのに、しかもリーフには様付けだし。あたしってあんたの中で下なの？」

「そ、そういうわけじゃないですよ！　というか、私は長老でも様は付けません。ですが……あの気高いリーフ様には、どうしても敬意を表したいんです。私にとっては、どこまでも追いかける背中ですから」

「……ふうん。あたしから見れば、とっくに対等だと思うけどね」

メリッサは後半をやや小声で言った。それは、少しだけ悔しかったからだ。なぜなら、メリッサと出会った時にトゥイとリーフは並んで立っていた。長年連れ添った夫婦……には見えなかった、言わば相棒だろうか。そんな印象をメリッサは受けたのだ。

リーフと対等になるという目標を掲げたメリッサには、その姿が少し眩しかったようだ。

「それじゃ、あんたはずっとリーフと一緒にいるつもり？」

「出来る事なら、そうしたいんですけどね……ウッドエルフの里の規律があります。私も色々とやらかしてきたものですけど、入らせず出ずの禁を破るわけには……」

「何それ、ばっかみたい。とっくにあたしとリーフが入ってるじゃない。だったらいっそ出ちゃえばいいのよ」

「私だってそうしたいです……リーフ様は、道案内役がいないとおっしゃっていました。何度も、何度も何度も手を上げようと思ったんです。しかし、どうしても……生まれた里は、裏切れません」

そう告げるトゥイの決心は固いように見えた。なら、自分に言えることはないとメリッサは素直に話を引っ込めた。その代わり、別の話を始める。

「ねえ、ウッドエルフの里での暮らしを教えてくれないかしら？」

「あっ、それなら私も外の世界の事を知りたいです！　それじゃ、まずは毎朝のお祈りがあるんですけど、これが結構大変で――」

——彼女たちの境遇や立場もあって、友達と呼べる存在が今までいなかった。しかし、ようやく出会えた事への喜びが大きかったのだろう。同年代の女子同士の会話は盛り上がり夜半まで続いたのだった。

第八話　出立

それから二週間。成り行きのままに一緒に行動するようになったメリッサとトゥイが薬の材料を集めてきて俺は調合に専念するという日々が続いた。

まだメリッサとはよく話していないが、何やらトゥイと二人で仲良さそうに夜中まで話し込んだりしていたので、邪魔はしないようにしていた。

元々俺は樹海を歩くという危険な行為が伴うトゥイの護衛も兼ねていたのだが……先日、簡易的な試験でメリッサが俺の皮膚に傷を付けた事で二人だけで出歩く許可を与えた。まあ、そんなものなくても二人とも躊躇(ためら)いも無く樹海の中へ入っていっただろうけど。

「うんうん、調合はもう慣れたみたいだね」

調合の師匠である薬師のサレンは俺の作った薬を見て満足げに頷いた。

「この調合書の通りにやっただけだよ。原材料から調合に使う量まで細かく書いてるんだから、できなきゃ馬鹿だろ」

「はは、そりゃそうだ。難しいのは最初だけ……それでも、その最初を乗り越えられず薬師の道を諦める奴は多いんだよ。特に、ウッドエルフの調合は余所とは大きく違うからねえ。知識のある奴ほど諦めやすい」

それ、言外に俺が世間知らずと言ってないか？　そんな恨めしげな視線が伝わったのか、サレンはまた笑って話を続けた。

「要は、あんたが特別伸びしろがあったって話だよ。ま、これだけ出来れば後は自分で勉強していけるだろう。ウッドエルフが数千年かけて集めた知識が詰まった調合書だ。ありがたくもらっていきな。極意までたどり着けたら、万能薬と猛毒を作れるようになってるさ」

「それは……有り難いけど、本当にいいのか？　大事なものなんじゃ……俺はこれ以上ウッドエルフに迷惑をかけるつもりは無いぞ？」

「迷惑だなんてとんでもない！　あんたは確かにアタシらの恩人だよ。いいんだよ、こうすることで一瞬でもあんたを見捨てかけたアタシらの罪悪感は薄れるんだからさ。アタシらのためにも、もらってやってくれ。別にその一冊しか無いわけじゃないしねえ」

そういう話なら……と話がまとまった所で、トゥイ達が帰ってきたようだ。

「リーフ様、調達してきましたよ。リベンジ草にヨミガエリの葉にエムノ樹の葉と……」

「あたしはとにかくヤバそうなの集めてきたわよ。まだよく分かってないけど、これ食べればあんたは元気出るんでしょ？」

俺は二人に礼を言いつつ、原材料を箱に詰めて晩飯にしよう、と一緒に食堂まで歩いた。

植物を傷つけない事を信条としているのか、その店は太く巨大な根の上に建てられている。ウッドエルフ達は皆ここの飯を食っているんだとか。

「さて……これからどうするかなあ」

それは、ここ最近思うようになった事だ。いくら俺がウッドエルフ達に感謝されているとはいえ、本来なら部外者は立ち入らせずの種族の里にいつまでも居座るのは良くないだろう。だというのに、俺が助けたことでメリッサという新たな部外者も迎えてしまっている。これ以上はウッドエルフの面目が立たないだろうという話だ。

「リーフ様、余計な気は回さなくてもいいのですよ？　長老だっていつまで居てもいいっておっしゃっているんです」

「いいや、俺はウッドエルフの文化を壊す気はないよ。規律ってのは一度でも例外を許したら後は崩れていくだけだ。ここらが離れ時だよ」

「そんな……」

それはある意味でトゥイとの決別宣言だった。だから、しっかり目を見て告げた。トゥイが何を思ったのかは分からないが、彼女は頷いてくれた。

「それで……メリッサちゃんは？」

「ちゃんはいらないわ。メリッサと呼んで。あたしは何と言われようとも、あんたに付いていくわよ」

串焼きを何本も頬張りながら言うメリッサに、また俺は困惑する。たかが魔物一匹から守ってやっただけなのに、一生モノの恩義のように言われると、重いものがある。

「ダメ、かしら。正直、この樹海を一人で歩けるとは思ってないの。だから、頼れるのがリーフしかいないのよ」

「ううん、そう言われると……まあ、いっか。旅路は賑やかなくらいがちょうどいい。そもそも俺は一人でここまで来たけど、それって他の冒険者に見捨てられてたからだしな。仲間になりたいと言われて悪い気もしない」

むしろ、大変気分が良かった。強敵を倒した後の一杯に付き合ってくれる奴が増えたと思えば胸も躍るというものだ。

「は？　あんたが？　あんなに強いのに……馬鹿ね、つくづくあんたのとこのギルドって見る目がないみたい」

メリッサは憮然とした顔つきで肉を力強く噛み切った。

しかし、メリッサという名前には聞き覚えがある……が、こんなにか弱い少女の知り合いはいない。どこで聞いたんだったか……幼なじみのアイツに他の冒険者との縁を絶たれてから帝都の情報には疎(うと)いから、仕方ないか。

「あの時にも少し聞いたけど……メリッサは帝都から来たんだろ？　俺の巣も帝都でね。ちょうど良いし、久しぶりに顔を出そうかと思ってるんだよ。知ってる道だし、地図師無しでも大丈夫だろ」

「え？　何言ってるの、リーフ。地図師ならここにいるじゃない」

そう言ってメリッサが指さしたのは、人形のように整った顔に似合わない寂しげな表情を浮かべていたトゥイだった。指された本人も、「えっ？」と驚愕の声を漏らしていた。

「トゥイほど樹海を知ってる奴なんか居ないでしょ。居たとしても、付いてきてくれそうなのはそう居ないわ。トゥイだって毎晩のようにリーフと一緒に行きたいって――」

「わー、わーわー！　ひ、秘密にしてって言ったじゃないですか！　メリッサ、ひどいです！」

「でも、そんなに思ってるならここで離ればなれなんて馬鹿らしいじゃない。二人の間に何があったかは知らないけど……この広い樹海で別れたら次いつ会えるか分からないわよ。それでトゥイはいいの？」

メリッサも俺も、数秒トゥイの返事を待った。だが、それが間違いだったことに俺は気がついた。こういう時、誘うなら男からだろう。傲慢かもしれないが、リーダーとなる俺の役目だ。

「でも、私なんか付いていっても何のお役にも――」

「いいや、もらっていく。トゥイがいいなら、最後に里の禁忌を破ってでも連れ出してやる。俺はまだ、どの葉が何なのか分からない。『ハーブマスター』としても助かるし……この先樹海を歩いて行く俺には、お前が必要なんだ。『災害』を倒した後、俺を信じてくれたお前が」

実際、俺はここに来てからいつもトゥイに導かれてきた。パーティを導く誰かが必要なら、トゥイが良い。その気持ちは、きっとこの先も変わらない。

「……私も、出来る事ならそうしたいです。でも、私にはウッドエルフの里を守る使命が――」

「話は聞かせてもらったぞい。リーフ殿、そういう話なら……トゥイを連れていくがよろしいじゃろう」

ぬっ、と現れたのは長老だった。いつも神出鬼没だが、もしかして里で一番暇なんだろうか。

「長老、また盗み聞きですか……？」

「まあまあ、良いではないか。聞けば、リーフ殿は世界樹を目指しているとか。それは、トゥイにとっても夢だったはずではないか？　この世の全ての植物を知りたい。そう何度も語っていたではないか。リーフ殿にならば、儂らも安心してお主を任せる事ができるわい」

「そんな勝手が……許されるのですか？」

「わはは、何を言う。元よりお主は、伝統だとかを嫌っていただろう。古い規律も時には悪になる。それに、これは追放ではない。世界樹を見てくるまで、という期限付きの遠征じゃ。なに、ウッドエルフの寿命は長い。またいつの日にか、再会できることじゃろうて」

そして長老は、最後にトゥイの頭を撫でて話を締める。トゥイはいつの間にか俯き、ポロポロと涙を零していた。

「そもそも、最初の条件通りじゃよ。リーフ殿に与えるはずだった調合の極意はウッドエルフの監修が無ければ厳しい。全てを伝えると言った以上、約束は履行せねばならん。そして……この里で一番外に出たがっていたのがお主だということくらい、皆知っておる。じゃから……もう、自分の思うとおりに動けば良い」

　その言葉に、トゥイはずずっと鼻をすすって顔を上げ、長老に向かって口を開いた。実の所、俺はてっきりトゥイは里の事があまり好きではないのかと思っていた。だが、そうではなかった事を思い知ることになる。

「おじいちゃん……私、外に出たい。広い世界で、色んな事を知りたい。世界樹を目指す旅に、一緒に行きたい。だから……私、行くよ」

「……ああ。行ってこい。お主はいつまで経ってもウッドエルフの子じゃ。それを忘れるでないぞ。何、また近く会う日も来るじゃろうよ」

　俺は何も言えなかった。とても事情の知らない俺が口を挟める雰囲気ではなかったからだ。ただメリッサは泣きじゃくるトゥイを抱きしめていた。

「さあ、恩人の旅出だ。今夜は盛大な宴を開こう。そのくらいは付き合ってもらうぞい、リーフ殿」

「ああ……里中の酒を持ってこいよ。全部飲み尽くしてやるからさ」

「わっはっは。そりゃあ結構じゃ」

　その日、ウッドエルフの里は中央に焚かれた大きな焚き火を囲って、飯を食い酒を飲み踊り明かした。その輪の中心に居るのは有り難いことにこの俺で、少し離れた場所でトゥイが別れを告げては乾杯してウッドエルフと抱き合っていた。

ああ、本当に……良い里に転がり込めたものだ。そう思いながら、俺はいつまでもその宴の光景を目に焼き付けておくように眺めていた。

そして、明日から……俺達は、帝都に向かうことになるのだった。

第九話　旅路

そこはもう帝都も近づいてきた頃の話だ。倒木に苔が生い茂っていたウッドエルフの里近くとは違い、整備された道にようやくたどり着けた。

その道中は正直言って、快適な事この上ない旅だった。魔物の事ならメリッサが博識だし、樹海の事ならトゥイがよく知っている。俺はそんな二人をすっかり信用してそれぞれの分野を任せて楽な凱旋の道を歩いていたというわけだ。

そして今、大型植物魔物のプラントと、それを守るような配置の狼型魔獣である森ウルフの群れと対峙していた。

「ふっ……！」

「ハアッ！」

ここに来るまでに収穫した植物から、俺はまた一つ新たなスキルを手にしていた。こうしてみると、あの里周辺がおかしかったのであって『樹の魂』を生らすに至る樹がどれほど少ないのかがよく分かる。

それはともかく、得たのは『威圧感』だ。練度の低い内は存在感が僅かに増す程度のものだったが、今となっては魔物や魔獣の敵意を煽ることができるようにまでなっていた。

どれだけ素早い魔物でも、一直線に俺に向かってくるならいくらでも対処できる。十数匹は居たはずの森ウルフを全て一撃の殴打で沈める。すると、その隙に大剣を持ったメリッサがプラントに飛びかかり一刀両断した。

殴打が効く魔物は俺、斬撃が通る魔物はメリッサ。話し合ったわけでもないが、いつの間にかそんな暗黙の了解が出来上がっていた。

時間にして数十秒の戦闘だった。おそらく、俺一人では十分以上かかったことだろう。というのも……。

「やっぱり、メリッサってめちゃくちゃ強いんじゃないのか？　あんなに大きなプラントが一振りなんて……あのぶよぶよの皮膚を切り裂いて核を的確に狙ったってことだろ？」

「あたしなんてまだまだだよ。あの数の森ウルフを挑発して全部殴り殺すあんたのがよっぽど怖いわ。強いのはいいけど……もう少しスマートに戦えないの？」

「だって魔核って基本的に小さいし……殴ればとりあえず動かなくなるんだから、それでいいだろ」

蔓龍ほどの大きさの魔物なら話は別だが、魔物の生命の根源と云われる魔核は大体手のひらサイズだ。戦いの最中でその位置を瞬時に見抜き斬るなんて、普通はできるはずがないのだ。

「力に物言わせる戦闘にはいつか限界が来るわよ。あたしがそうだったたし……『剣神』なんてスキル持ってても、それ以上の脅威に出会えば終わりでしかないんだから」

「け、『剣神』!?　お前、そんなすげースキル持ってたのか！　『剣聖』とか『達人』は聞いたことあるけど、なるほどなー……努力と才能、スキルの混ぜ合わせか。そりゃ強いはずだ」

少なくとも、昨日今日力を手に入れただけの俺よりはよっぽどまともに動けることだろう。俺は元々冒険者の基本的な動きしか知らない。その範疇を超える敵に対しては、確かに力押し一辺倒だった。

一撃で済めばいいが、もし戦闘が長引けば、より上位の魔物や悪人は即座に対応してくるだろう。そこら辺は今後の課題だな。

「いつか、剣士のスキルが採れたらメリッサに指導を頼むよ……って、『剣神』にこんなお願い、失礼かな？」

「……あたしが？　その……あんたの、役に立つの？」

「そりゃもちろん！　剣を使った勝負じゃ話にもならないだろうしな。それに、俺はスキルをいくつでも習得できるけど、鍛錬して完成させなきゃ意味が無いんだ。その訓練を『剣神』に見てもらえるなんて光栄の極みだよ」

メリッサはきょとんとした顔をして、その後僅かに頬を赤らめながらそっぽを向いた。

「その『剣神』ってのは止めて。恵まれたスキルにあぐらをかいてるだけみたいで、嫌なの。それに、確かにあたしは生まれてからずっと剣を振ってきた。でも『剣神』は発現してから間もないの。だから、いつかあんたにも教えられるくらいには使いこなせるようになっておくわ」

ううん、今のままでも十分過ぎるくらいに強い気がするけど……おまけに、完全にもらったスキルにあぐらをかいてる身としては耳が痛い話だ。

「は、はは……そうだな。じゃあ、後始末しとくか」

「ああ、素材を剝ぎ取っておくのね？　でも……森ウルフは爪以外はろくな値段にならないわよ？樹海に還した方がいいんじゃないかしら」

「いやあー……欲しいのはプラントの方さ。こいつは魔香にできる」

「魔物まで魔香にするの……？　リーフがそれでいいなら良いけど……」

いかに魔物の体が頑丈といえど、それは偏に魔核から魔力を流しているせいだ。死んでしまえば、いくらでも素材にして加工できるようになっている。

それはこのプラントも同じようで、俺の剣でも簡単に葉を剝ぎ取れた。それをパイプに入れてプチファイアを放り込むと、徐々に香りが広がり始めた。

里の周辺で採れる植物から作るよりはコクは濃いが、吸いやすい味だ。ただの葉から作る魔香がサラダなら、こっちはぎっしり詰まった肉といったところか。


――『支配』を習得しました。

お、スキルが手に入った。当たりだ。なるほど、もしかすると植物型魔物の素材からはスキルが得られやすいのかもな。これが一時的なバフなのか未完成スキルなのかは使ってみないと分からないけど……。

メリッサは鼻をふんふんと鳴らして、僅かに驚いたように目をぱちくりとさせる。

「不思議、だけど良い匂い……パイプ型の魔香ってそんな匂いもするのね。キツい香水みたいなものだと思ってたわ」

「これは魔物から作ってるからな。他では嗅げない香りだぜ。でも、メリッサだって魔香のバフを受けての訓練くらいしただろ？」

「あたし、あれあんまり好きじゃなかったのよね。匂いを付けて動くのが何かね」

「そこがいいんだけどなあ……ま、せめてパイプの香りくらいは受け入れてくれよ。これが俺の唯一の趣味なんだ」

しかし、『支配』か……。そう安易には使えないネーミングだな。たった一度だけしか使えないなら使い所に迷うし、気軽に他人に使うには物騒過ぎる。

「……あの、お二人とも。何だか、私って居なくても大丈夫だったんじゃないんですか？」

と、そこへ不意に今まで黙っていたトゥイが口を挟んできた。しかも、訳の分からない突拍子もない質問を。

「何言ってんだよ。トゥイが居なきゃここまで来るのに何ヶ月かかったことか……俺は一人で帝都から一年かけてあそこまでたどり着いたんだぞ？　それに比べて二ヶ月で帝都まで導いてくれるなんて、あり得ないくらいの貢献だよ」

「戦闘職じゃないんだから、その辺はあたし達に任せておきなさいよ。でも、戦闘能力だけじゃ樹海は渡れないわ。あたし達の命綱を握ってるのはトゥイなんだから、情けない事言ってないで、頼むわよ？」

俺達の返事はほぼ即答だった。だって、そんなの考えるまでもない。トゥイは導き手……地図師としてはまだ不慣れながらも才覚は一流だと、俺達はもう確信していた。

トゥイは咄嗟に何か言おうとした言葉を止めたのか、口を手で覆った。そして、しばしの時間を経て、安心したような笑みを浮かべる。

「それなら、どっしり構えて守られているとしましょう。大体、お二人は樹海を冒険するという事の重大さが分かっていないんですから。私が居ないとダメダメなんですよ……って、これでいいですか？」

「ふふん。言うじゃない。それでいいのよ」

「ああ、上等だよ。これからもよろしく頼むよ」

さて、帝都はもう目前。俺は二年に足りないほどの期間を空けていたが、きっと帝都には大きな変わりはないだろう。いくつかの街を巡ってきたけど、やっぱり故郷って奴は安心するものだな。

第十話　決別と始まり

そうして帝都にたどり着いた時には、もう陽は落ちかけていた。

帝都の民もまた苔と植物に覆われた倒木に住む。植物がこの世界を支配する前から帝都はあったとされており、古代の遺産『堅牢の城』が街の中央にそびえ立っているのがここの特徴だ。

城には王族か一部の高名な冒険者しか入る事が許されない。それ故に、俺には縁の無いものだった。

「んー！　やっぱり帝都は落ち着くわねー。手入れされた庭がある方が好きよ、あたし」

「すごい……樹海の地面は抉ることもできないと言われているのに、こんな建造物が……」

二人の反応はまるで真逆だった。しかし、俺には両方の気持ちが分かる。この世界の住民は基本的に樹海に住む。大きな樹の幹をくりぬいて空間を作ったりして、家を作るのだ。俺も幼少期はそんな暮らしをしていた。

だが、帝都では安定した土壌がある故に蔓を巻き付けながらではあるが煉瓦造りの家がずらりと並んでいる。大きな街に求められるのは、巨大な城ではなくそれを支える地盤なのだ。

「さて……帝都に着いたらまずやることがあるよな」

「そうね。まずはウルドギルドとディアナギルドに顔を出して、今回の戦果を報告しなきゃ。リーフも、あの牙を見せれば一気に金級まで上がっても不思議じゃないわよ。換金すればいくらになることやら……」

「うん、それはメリッサに任せた。俺はさらっと帰還だけ伝えて酒場に行く」

「は、はあ!? 何言ってんのよ。あの悪魔はあんたが……」

憤慨する様子を見せるメリッサだが、彼女と同行した時点でこの選択は決めていた事だ。銅級の最下層に居る俺が、いきなり初狩の悪魔の牙なんか持っていっても「どこから盗んできたんだ」と言われるのが関の山だろう。少なくともディアナギルドではそうなる。

もしそこまでいかなくとも、メリッサがほとんど倒したという扱いを受けるのは目に見えている。だから、俺が一緒にウルドギルドに行っても不愉快な事しか起きないのだ。

そしてもう一つ……これからディアナギルドで起きるであろう騒動を思うと、できる限り他人に見られたくない、という点もあった。

その説明を聞くと、メリッサはいかにもな不満顔をしながら唐突に懐から金貨袋を取り出して金貨を一枚手渡してきた。帝国金貨一枚というと、普通に暮らして半年は保つであろう値段になる。

「じゃあ、この牙はあたしが買い取るわ。しばらくは飲み食いには困らないでしょ。これで、名実ともにあんたの手柄を横取りできるわけね。あと、ウルドギルドで報告したらすぐに帰ってくるから、酒場の席は一つ空けておきなさいよね」

「あ、ああ……何だか悪いな。亜人にデミの酒場って言えば案内してくれると思うよ」

メリッサはどこか荒々しい足取りでギルドの方へ歩き出す。その背に何か声をかけようとは思わなかった。あいつは、何をそんなに怒っていたんだ……？

「あの……リーフ様。お店の当てがあるなら早く行きませんか？　何だか、周囲の視線が落ち着かなくて」

「ああ、トゥイは美形揃いのウッドエルフ……耳長族の中でも一番の美人だからな。一人で歩くと厄介なのに捕まるから、俺から離れるなよ？」

「んなっ――」

トゥイは口元を結んで不意を衝かれたような、何とも言いがたい表情をすると、灰色のフードを深く被って顔を隠した。そして、しばしソワソワした後にそっと俺の体にしなだれかかると、耳元でそっと囁いた。

「それじゃあ、リーフ様以外にはあまり顔を見せないようにしないとですね。独り占め、したいんでしょう？」

「なっ――！」

ぞくりとするほどに艶（あで）やかな吐息。今度は、俺が不意を衝かれた。その声はまるで初対面の頃のようで、しかしあの時よりずっと親しみのようなものが含まれていた。

俺の顔がどうなっているのかは分からないが、トゥイはそれに満足したようにクスクスと笑うと、ピッと指を立てて言った。

「女の子を照れさせるなら、反撃も覚悟しておくべきですよ？」

「……別に、そんなつもりで言ったんじゃない。事実を述べたまでだろ。少なくとも、俺は耳まで赤くなるような事はしてない。ったく、行くぞ」

俺はそう言って、いつの間にか握られていた手を引っ張って酒場に向かった。

「……そういう所ですよ」

大通りの喧噪の中で、そんな言葉が最後に聞こえたような気がした。

◇

帝都に限らず、世の中にはいくつか冒険者ギルドがある。その内の一つ、ディアナギルドで俺は受付嬢といつものように言い合っていた。

「だから、本当に俺もスキルを手に入れたんだよ！　これで、まともな仕事も出来るようになるはずだろ。冒険者は適材適所。確かに今までの俺は弱かったかもしれない。でも、このスキルでこなせる依頼はあるはずだ！」

スキルの詳細を偽ることはできない。それは発覚すれば冒険者人生に傷を付ける上に、過大評価

されて危険な目に遭うのは自分だし……他人に迷惑をかけでもしようものならギルドから追い出されても文句は言えないのだ。

相対する受付嬢のレリーは爪の手入れをしながら茶髪のロールを揺らして、まともに取り合う気はなさそうだった。これもいつも通り。真っ正面からの顔なんて、見たことがないんじゃないだろうか。

「別にリーフさんが何のスキルを持とうがどうでもいいんですけどー……『剣聖』とか『賢者』でなく、言わば『毒耐性』でしょう？　新ポーション開発の毒味役にすらなれないじゃないですかー。それってちょっと、微妙ですよね。わざわざ一人で遠征してスキルを手にしてまでそれって……本当に、分相応って感じですよねー」

思わず口元に力がこもる。俺達の関係はいつもこうだった。俺は冒険者として一人前になったはずなのに、こうして『樹の魂』も見つけてきたというのに、活かそうとすらレリーは思わないのだ。

この先だって、依頼をこなせなければ冒険者として成長できるわけもない。

そして、ついにはレリーは溜息交じりにこう漏らした。

「あーあー、アタシの担当が『金獅子』様だったらなあ……。よりによって、『金獅子』様に嫌われてる奴が担当なんて……ツイてなーい」

『金獅子』はたった五人のパーティでディアナギルドを支えるほどの実力者達で、そのリーダーを始めとする俺相手に行われるイジメの数々は思い出したくも無い。そして、そんな俺を見て「俺より下がいる」と安心したような仲間の数々。

だが、諦めない。ちゃんと戦える事が分かってもらえたら、俺にだって……！

「それだけじゃない。そのスキルの応用で……いくらでもスキルを身に付けられるようになったんだ。ちゃんと使いこなすまでには時間はかかるけど、必ずギルドの力になれるはずだぞ」

「だから、もうそーゆー話じゃないんですって。つか、そんなのあり得ないっしょ。気付いてないなら言っちゃいますけど、帝都最強の『金獅子』様が差別宣言出してる時点で、リーフさんに仕事なんかないです。ここでアタシが逆らって今後『金獅子』様の担当に就けなくなったらどうしてくれるんですかー？」

それは私欲だろう。本来、ギルドの受付嬢と冒険者は協力し合い、成果を出すものだ。それを最初から放棄しているレリーではもう話にならない。

スキルがいくらでも身に付くなんて、どう考えても有用だ。魔香の事とか、『災害』の肉体を得たことなど、色々話そうとしたが……その気も失せた。もう、いい。

俺はディアナギルドに所属している事と、銅級の地位であることを示す身分証明書……そのバッジを、取り外してレリーに差し出した。一つの絶縁状だ。

「だったら、もうこのギルドに用はない。俺はもう好きにさせてもらう」

その信念の籠もった声に、レリーは僅かに興味を示した程度で……面倒くさそうに言葉を返した。

「別に、何もさせてあげないわけじゃないですよ？　ドブ浚いとか肉盾の仕事くらいなら今までみたいに紹介しますし、銅級の最底辺には相応しい扱いでしょ？」

「ここに居ても、俺に未来はない。それが今日ハッキリと分かった。だから出て行かせてもらう」

「フリーの冒険者とか、無職以下ですよ。実績と評判が無ければ個人指名の依頼なんか来ませんし。そもそも、『無能のリーフ』に仕事なんて……おっと、失礼失礼」

そう、『金獅子』の発言力は強く、彼らがばらまいた俺の悪評はもはや帝都の誰もが知るところなのだ。

だけど構うものか。今を打開できないでいれば、俺はいつまで経っても世界樹なんて目指せない。冒険者として、生きていけない。

「そうかもな。だけど……こんな力を手に入れても使ってくれない……使おうともしないお前と組んでるよりは、百倍マシだな」

「そうですか。だったらさっさと出てってください。手続きはこっちでやっておきますんで……はい、おつかれでしたー」

そして俺は奇異な目線を送ってくる周囲の冒険者達から逃れるように外に出た。きっと、このギルドに来ることはもう無いだろう。

その日、俺は正式にディアナギルドを辞める事になった。これで本当にすかんぴんの身だ。これから先どうなるかは分からないけど……これが、俺の辿ってきた道だ。

そして、俺がこれから向かう出口には……トゥイが居てくれる。今までは一人になるのが怖くてギルドにしがみついていた。だが、今はもう違う。それなら、俺を信じてくれるあの子のために戦おうと、そう思ったのだ。

第十一話　反撃の狼煙

そして、デミの酒場に入って数分で俺は最悪の事態に陥っていた。俺がこの帝都で唯一心を許せる場所であるそこには、俺と同い年の金髪を短く刈り込んで筋肉質な体をした青年を中心としたパーティが居座っていたのだ。

妙に色っぽい女や屈強な男達、合わせて五人のディアナギルドにおける最強ランクのパーティ『金獅子』を前に他の客は萎縮してしまっているようだ。

そのリーダー、ビクターが嫌みたらしい声音で話しかけてくる。

「よう、リーフ。樹海で逃げ回る旅ごっこは終わったらしいな。ったく、どこに逃げたかと思えば、こんなしみったれた酒場を巣にしてたとはなあ。なあ、困るんだよなあ。テメエに帝都に居られるとよ。クソ雑魚に冒険者を名乗られちゃ、オレの格まで落ちる……イラつくんだよ」

嫌みな顔つきをして俺を見下す様はいつまでも変わらない。こいつとも、もう二十年近くの付き合いか。腐れ縁というにはあまりに不愉快過ぎる関係だが。

「……別に俺がどこに帰ってこようが勝手だろうが」

「いいやぁ……その口調が気に入らねえ。このオレにタメ口使うような人間、もうディアナギルドにゃテメエくらいしかいねえんだよ。何だぁ？　故郷が同じな程度でオレと対等なつもりか？　片や将来が約束された『覇王』と、片や何をやってもダメな『無能』が同じ目線に立つんじゃねえぞ……潰すぞ」

その圧は、悔しいが本物だ。今やビクターは数多の修羅場を余裕な顔してくぐり抜けてきた紛う（まが）ことなき猛者（もさ）なのだ。

改めて帝都における俺の現状を説明しておくと、簡単な依頼一つを受ける際でも大っぴらにパーティを組めないようになっている。というのも……。

その原因は、帝都で最強に至ると云われている『覇王』のビクターという男の存在にある。ビクターは俺の幼なじみで、二歳やそこらの頃は仲が良かった記憶があるが、幼い頃にビクターが偶然食べた『樹の魂』で、広大な樹海において歴代最強クラスと謳（うた）われる『覇王』というスキルを手にしてしまった。

それからは何をするにも誰もがビクターを褒め称えた。それで増長してしまったビクターは数々の高難易度クエストを達成していき、最年少で最高ランク、白金級にまで上り詰めてしまったのだ。

そして、ことあるごとに同じ環境で育った俺を引き合いに出すようになり、帝都には『無能のリーフ』という不名誉な二つ名が広がってしまったのだ。それに加え、『覇王』に蔑視されている人間をパーティに迎えようなんて冒険者はそう居ない。

おまけに俺を完全に見放しているディアナギルドの担当受付は、『金獅子』の支持者だ。ビクターの言う事を真に受けて銅級のクエストさえまともに回してくれないのだから、見返しようがない。

これが、帝都で俺がぼっちになってしまった理由だ。そして、俺にとってビクターが天敵になってしまった所以でもある。今でもこいつには苦手意識を抱えていて……情けない事に、俺は口答えさえ出来ないでいる。

その時、パン！　と乾いた肉を打つ音が聞こえた。それはそう、まるで頬を打ったような……と思い、顔を上げる――いつの間にか俯いてしまっていた事にさえ、今気付いた。

酒場には、嫌になるような痛い沈黙。そして、それを破ったのはトゥイの声だった。

「これ以上リーフ様を悪く言うのは許しません！　貴方達がどこの誰かは知りませんが……貴方なんかより、リーフ様はもっと立派な冒険者様です！」

まさか。という思いだった。トゥイは……フードを被ったまま、あろうことか『金獅子』のリーダー、ビクターの頬を張ったのだ。周囲はどよめき、場の空気は凍り付いた。

その当人……ビクターはひどく冷めた顔をしていた。そして、ガタリと席を立つと興が削がれたとばかりにスタスタと酒場の出口へ向かう。

「ウィレン、その女とクソ雑魚、潰しとけ。オレがわざわざ手を下すまでもねーわ。雑魚を相手にしてたんじゃオレの格が落ちる」

「はっ。ビクター様のお心のままに」

ウィレン。さすがに白金級のパーティメンバーともなると俺もよく知っている。素手で山を割ったという逸話さえある……通称、『怪力』のウィレン。鋼のような肉体をした彼は『金獅子』において最前線で働く盾役だ。

「じゃあな、クソ雑魚。もう会うこともねーか」

そう言い残し、ビクター達は去って行った。そして、残るのは『怪力』のウィレン。対峙するのは体積で言って三分の一程度しかないウッドエルフの少女だった。

「ビクター様に刃向かった事を悔いながら死ぬといい」

「リーフ様は弱くなんかありません……彼は、『災害』をたった一人で討伐した男なんですから！」

「はっ、この段まで来て世迷い言を……くっくっく、愚かだな。小娘」

全く……勝手な事ばっか言いやがって。トゥイだって怖かったはずだ。だけど、怯まずに手を上げたのだ。全ては俺の名誉のために。

ったく、何をビビってる。今はそんな場合じゃないだろ。彼女の信頼を裏切れば、俺は本当に最低な人間になってしまう所だった。

やはり、トゥイはいつだって俺を導いてくれる存在なのだ。だったら……無くすわけにはいかないな。この後に起きるであろう騒動を考えるとまた頭が痛くなるが……まあ、いいか。

「ひと思いに一撃で仕留めてやろう――！」

そして、その腕力で振り回される大槌を俺は……構えることすらなく腹で受け止めた。だが、か。
『蔓龍の皮膚』を貫通するほどの攻撃力は無かった。いくら力があろうと、所詮は盾役ということ

　場ごと困惑したかのような沈黙。そして、途端に狼狽えるウィレン。この攻撃の失敗が何を意味するか、そこに考え至ったのだろう。

「うちの地図師に攻撃した事を悔いろよ。ウィレン」

「リーフ様……」

　もう出し惜しみなんかしない。もう二度とビクターに圧倒されたりなんかしない。俺には大した気概はないが……俺を信じてくれる仲間の期待にくらい、応えたいのだ。

「ぬぅ……手加減し過ぎたか？　ならば、粉々にしてくれる……！」

　再び降りかかるその渾身の一撃を……俺は、右手一本で受け止めた。そして、どうやら大槌自体が反発したダメージに耐えきれなくなったようで木っ端みじんに吹き飛んだ。そして、その攻撃の衝撃は全てウィレンに送られる。

　やがてウィレンは目を白黒させて倒れ込もうとしていた。その隙を逃さず俺はその巨体に飛び上がるようにして床を蹴った。

「ば、かな……宝具『ミュレンの槌』だぞ……!?」

　そりゃ、お前の『怪力』が凄まじいんだよ。俺の体は衝撃吸収であり高反発の極致みたいなものだ。与えられたダメージがデカけりゃ、空を舞う龍だって地を這う事態になるほどの。

「そうかい。ビクターの野郎に言っておきな。今度俺の仲間を傷つけようとしたら、容赦しねえってな」

そして拳を構え、『筋力増加』を発動させてウィレンの頬を殴りつけた。あの悪魔の時以上の手応えを感じて……事は、一瞬で片付いた。

最底辺の『銅級』が、ただの殴打で……白金級の『怪力』を打ちのめしたのだ。そのジャイアントキリングに……その場に居た全員が信じられないような顔をしていた。

俺はようやく落ち着けたとばかりに、まだハーブの残るパイプに口をつけた。ふー、とその味に背中を押してもらい、改めて詫びた。

「悪い、皆。女将(おかみ)さん。今度、『金獅子』の連中がまた水を差しに来るかもしれねえ。プライドだけは大層なもんだからな。あいつら」

俺のその言葉を受けて、ただ一人動けたのは、デミの酒場の店主……女将さんだけだった。彼女はウィレンの巨体を店の外に投げ出して、俺を見て笑みを浮かべながら、ふんと息を吐いた。

「ったく。うちの店で騒ぎを起こしたらどうなるかくらい知っておけってんだ。なあに、心配ないよ。あいつらは正式に出禁だ。もう二度と店にゃ入れやしない。奴も見下してたあんたにやられたなんて言えないだろうし、私が追い出したことにしておくよ」

「悪いな、女将さん。俺のせいで騒ぎにしちまって……」

「全くだよ。久しぶりに帰ってきたと思ったら、よりによって人手が少ないこんな日にケンカしやがって……この落とし前、どうつけるつもりだい？　今回の旅は、それに見合うものだったんだろうね。じゃないと許さないよ？」

その問いに、俺は先ほどメリッサにもらった金貨を差し出して、声を大にして告げた。

「皆、酒の席で無粋な真似しちまって悪かった！　お詫びに今日の飲み食い代、全部俺が引き受けた！　好きなだけ飲め！」

「……お、おおお！　すげえ、『金獅子』の盾を一撃で伸しやがった！　これがあのリーフかよ！ああ、よく帰ってきた！」

「さっきの騒動の事も、今回の旅の話も肴にしてくれ。朝までまだ時間はある。ゆっくりたっぷりと旧交を温めよう。安心してくれ、今日は何杯でも付き合うぜ！」

その声で、先ほどまでの冷たい空気は酔っ払い達の熱気によって平穏を取り戻そうとしていた。俺のよく知る、デミの酒場そのものだ。客層は種族もバラバラ。だが、全員でただ酒を楽しむという目的に集っただけの連中。だが、その距離感が俺には心地よかったのだ。

さて、思わぬ邪魔が入ったが、これでようやく酒が飲める……っと、その前に。

俺はフードを被ったままのトゥイの頭を撫でようとして……何だか小っ恥ずかしくなってぐしゃぐしゃと髪を乱した。

「わっ、わっ……り、リーフ様？」

「ありがとう。俺のために立ち上がってくれて。また俺はダメになる所だったよ。トゥイが動いてくれたから、俺も動けた。本当に助かったよ」

「……いいえ、貴方の従者として当たり前の事をしたまでですよ。そんなに褒めないでください。嬉しくなっちゃうじゃないですか」

「馬鹿、誰が従者だよ。お前はもう立派な俺の仲間だ。ああ、やっぱり仲間って奴は……良いもんなんだなあ」

そうして、デミの酒場での宴会は始まった。そうなってしまえば、後はもう飲めや歌えやの大騒ぎだ。

◇

普段偉そうにしている『金獅子』の一人を落とした事から始まった騒動。それが終われば場はすっかり宴会ムードだった。というのも……。

「未開拓樹海から生還しやがった、そして白金級をぶっ倒すくらいまで育ちやがったリーフを祝してかんぱーい！」

「いやあ、マジでたどり着けるとは思ってなかったな。でも、さっきの攻防とウッドエルフの可愛い子を連れてきたってだけで、その意味は分かるぜ。やりやがったな、この野郎！」

「さっきは悪かったな。流石に銅級の俺達じゃあ、『金獅子』様には何もできなくてよう……」

「いや、でもあの一撃はすごかったな。超パワーでも身に付けたのか？　教えてくれよ、リーフ！」

　この場にいる客の冒険者は全員顔見知りで、もちろん今回の遠征に付いてきてくれるよう頼んだが、揃って断られたのだ。まあ、ビクターに目を付けられたくなかったというのが大きな要因だろうが……。

　俺はそんな連中に向けて、咥えていたパイプで各自を指して文句を垂れる。

「ったく、今更何だよ。あんだけ冷たく俺の提案を突っぱねたくせによ」

「ばーか。最下級銅級揃いの俺達が未開拓樹海に行くなんざ自殺行為以外の何でもないだろ。リーフは一緒に飲んでて楽しい奴だったが、命を懸けるほどじゃねーんだよ。つか、お前だって俺達のクエストの手伝いを拒むくらいするだろ」

「そりゃ、そうだけどさー……ま、おかげでトゥイも独り占めできたわけだし、これからはお前らなんか置いてってもっと上のランクのクエストをこなしてやっからな。見てろよ？」

「おうおう、それで良いんだよ。この酒場のルールはただ一つ。各自冒険譚を持ってきて酒の肴にすることだからな！」

　ここまで聞いて分かる通り、デミの酒場は帝都の最底辺にいる冒険者のたまり場だ。とはいえ、食事や酒が不味いわけじゃない。一般的に酒場の格付は広さと従業員、それに伴う客層で判断されるのだ。

いわゆるホームと呼ばれる行きつけの酒場は誰もが持っており、許容できる人数に応じて冒険者は店を選ぶのが慣習となっている。そして、もう一つこの店に関することで重要なのは……。

「あいよ、ジャックビーフのコンフィだ。酔っ払い共、好きに食いな！　金はリーフ持ちだ。遠慮するんじゃないよ！」

「あ、せっかくだしリー君のは私が取り分けるよー。さっきも迷惑な奴追い返してくれたし、特別接客。なんちゃって」

ドン、と大皿にのったドデカい肉を置いたのは酒場の店主、ドワーフ族の女将さんだ。そして、後者は店全体で四人しかいない従業員のうち犬獣族の少女、カルアだった。少人数で回している酒場のために、受け入れられる客はせいぜい二十人くらいが精一杯なんだとか。

ちなみに、今日来ている面子(メンツ)のうち十数人はカルア目当ての客ばかりだ。まん丸な瞳とくせっ毛が何とも言えない可愛らしさを醸し出しており、ぴょこぴょこと揺れる三角耳は客全員が目で追っている。

何かと迫害されやすい獣族でも親しみを持てる環境であること以上に、カルアはこの辺の酒場でも指折りの看板娘なのだ。この脱力系な喋り方を直して接客態度さえまともなら、もっと大きな酒場に行けるだろうに。

「はい。リー君の分。ねね、そっちの勇ましかったお嬢さんは？」

「おっ……ありがとう。そういや紹介が遅れたな」

　俺は切り取られた肉を頬張りつつ、トゥイに目線を送る。キョロキョロと視線も落ち着かなかったトゥイがようやく見つけた会話の糸口に口を開いた。

「あっ、ご挨拶を忘れておりました。何だか……皆さん仲がよさそうで口を挟めなかったというか……」

「あっはっは。すぐに慣れるよ。皆テキトーな事くっちゃべってるだけだからさ」

「私はトゥイ。ウッドエルフのトゥイです。リーフ様のパーティで『地図師』をさせていただくことになりました」

「そ。頑張ってリー君を助けてあげてね。行動力はあるくせに無駄に馬鹿だからさ。ねえ知ってる？　盃を交わせば姉妹になれるけど、乾杯すると友達になれるんだー。私はカルア。よろしくね、トゥイ」

「は、はい。よろしくお願いします、カルアさん」

　小さくカルアとトゥイがジョッキをぶつけ合う。まだトゥイは硬いが、少しは安心できたようだ。そんな様をカルアも微笑（ほほえ）ましそうに見ていた。その時、ギィッと酒場の扉が開かれた。またあいつらか？　と思ったが、そこに居たのは、ギルドから帰ってきたらしいメリッサだった。

「あー、終わった終わった。リーフ、あたしの席はあるんでしょうね？」

「おう。お前が来るまで酒は我慢してたんだ。一緒に飲もうぜ」

　俺は当たり前のように隣の席を勧めたが、周囲が一瞬の静寂の後にざわざわとした空気感になっていくのを感じる。

「お、おい。もしかしてあなたは……『紅姫』のメリッサさんでは？」

「あんた誰よ。まあ、メリッサはあたしよ。リーフのパーティメンバーになったの。リーフの友達なら、よろしく頼むわ」

「うおお……『剣神』様がリーフのパーティメンバーに!?　おい、一体どういうこった!?　さっきウィレンさんをぶちのめしたのもそうだけどよぅ……この一年で変わりすぎだよ、お前！」

興奮冷めやらぬ様子の客達に俺は「まあ落ち着け」とカルアからジョッキを受け取る。トゥイとメリッサの分はアルコールが入っていない。体が成長しきるより前の酒は良くないからな。

「女将さん。『場酔いの魔香』を頼むよ。こいつらだけシラフでいさせるのも可哀相だ」

「ふん。そこのトゥイが来た時から用意しておいたよ。酒の席だけじゃあんたは派手だからねえ」

相変わらず、よく気が利く人だと思う。よし、それならと俺はジョッキを掲げて声を張り上げた。

ついでにパイプに普通のハーブを入れて深く吸い込む。毒草で作るものより味は数段落ちるが、懐かしい味だった。

「よし、詳しい事は明かせないが、今回の一年にわたる大冒険の話をしようじゃねえか。たった一人で樹海を歩くには、それはもう山あり谷ありの事件ばかりでよ。その果てに俺は未開拓樹海まで足を踏み入れたんだ。そこで『樹の魂』を口にしたんだが、これがまたしょーもないスキルでな
――」

もう嘘も本当も分からない酔っ払い相手だし、俺も「続きはどうしたよ!?」と詰め寄られるものだから、調子にのってあること無いことを語った。酒場の会話において大事なのは事実か否かじゃない。面白いかどうかなのだ。

少し心配だったメリッサとトゥイの側には常にカルアが居てくれて、俺も安心して飲むことが出来た。

ささやかな宴会が終わるまでに、何杯飲んだかは……もう、よく覚えていない。だが、久しぶりに故郷に帰ってきたんだという思いが胸に満ちて、悪く無い気分だった。

第十二話　幕間・ウルドギルドにて

時はデミの酒場で宴会が行われる前に遡る。場所はウルド冒険者ギルド本部。そこはメリッサが所属する冒険者ギルドの大本だ。この広い樹海世界でも各街に支部を建てるほどの実権を持った施設である。

見渡すほど広い内部には、今日の狩りを終えたのだろう冒険者達がずらりと並ぶ素材換金受付の前に行列を作っていた。顔の広い冒険者ならば、職人に直接素材を高く売りつけるらしいが、そういった伝手を持たない冒険者はこうして規定通りの換金をするのだ。

「悪いけど、これ全部頼むわ」

その列の先頭で赤髪の小さな体に似合わない大剣を背負ったメリッサが素材袋をどさっと受付窓口に置いた。ちなみに、様々なトラブルを防ぐために素材の中身は他の冒険者からは見えないようになっている。

「おい、あれ『紅姫』だ……帰ってきたのか」

「そりゃ、『剣神』様がそんじょそこらの魔物に負けるわけねえだろ。くっそー、どうにかして俺達のパーティに入ってくれねえかなあ」

しかし、当のメリッサ自身は周囲から注目されていた。冒険者になる前から数多の実績を残しているメリッサはちょっとした有名人なのだ。

「お久しぶりです、メリッサさん。これはまた……随分狩って来ましたね。遠征は成功したんですか？」

「いいえ、大失敗よ。パーティメンバーを三人も失ったわ。やっぱり、未開拓樹海に行くのは無謀だったのよ。これは、あいつらの冒険者バッジ。他はもう……原形をとどめてなくて。遺体もその場で焼いてきた。冒険者のルール通りだけど……辛いものね」

「それは……ご愁傷様です。でも、メリッサさんだけでも生き残ってくれてて嬉しいです。彼らの冒険を伝える人が残ったということですから。ああ、すみません……素材を換金していきますね」

受付嬢もただの事務員ではない。希少なスキル『物資鑑定』を駆使して素早く素材を見極めて金を積んでいく。

「はい、端数はおまけして銀貨三十枚で引き取りますが……いかがですか？」

「それで構わないわ。いつもありがとう……ああ、そうそう。これを忘れてたわ」

メリッサはそう言いながら、窓口一杯ほどの大きさのあるザ・キラーの牙を置いた。受付嬢はパチクリと何度も目を瞬き（しばたた）きながら、慎重に『物資鑑定』する。

そこで叫ばなかったのは流石、ギルド本部所属と言うべきか……だが、青ざめた表情を隠すまでには至らなかった。やはり、この牙の存在はそれほど重大な事態なのだ。

「これは私では値段を付けられません。ギルドマスターのもとへお通しします。こちらへどうぞ……」

そうしてメリッサはギルドの二階に上がり、一番奥の扉を開いた。そこには、既に事情は分かっている様子のギルドマスターが座っていた。

上質の毛皮を羽織り骨格のしっかりした顔つきからは歴戦の猛者を思い浮かべさせられる。しかし、表情だけは人好きのする愛嬌ある笑みを浮かべていた。

「久しぶりね、マスター。話は通っているわね？」

「メリッサ君もね。規格外の素材が持ち込まれた、とだけはね……一体何の素材だい？」

言われて、「見せる方が早いわね」とメリッサは件の牙をテーブルに置く。それを見たギルドマスターは目を剝いて飛び上がった。

「こりゃまた……こいつはザ・キラーの牙だろう？　何千人食えばこんな牙に育つんだい？　いや……それより、こんな魔物を単独で倒してきたのか。無茶をする……本来なら国が立ち上がるべき案件だよ」

「勘違いしないで。それを倒したのはあたしじゃないわ。あたしはただ、安い値段で買い叩いて来ただけ。そして、売る気もないわ。そもそも値段も付けられないでしょう、こんなもの。話したかったのはその悪魔を討った冒険者の事よ」

そういうことかい、とギルドマスターは納得の色を見せる。確かに、これほど大きく育った悪魔の牙など、売りようがない。言うなれば時価、言い値。しかし、それは決してポジティブな意味ではない。

値段を高くするには、価値が低すぎるのだ。どれだけの突然変異種といえど、所詮は脅威度Cランクの魔物素材。だが、安く売るにはあまりにもったいない性質。見る者が見ればどれだけでも出して買ってくれる事だろうが、そんな奇異な人間に渡して妙な魔術の触媒にされてもたまらない、というわけだ。

「その者の名は？　この悪魔を打ち倒せるとなると銀級の上位層か、金級か……」

「名はリーフ。ディアナギルドの銅級の最底辺にいたそうよ。帝都の出だと言っていたけれど……ディアナギルドは随分ずさんな格付をしているみたいね」

「銅級……リーフ。ああ、『無能のリーフ』と呼ばれていた男か。一年ほど見かけないと聞いていた……だがまあ、膨大な冒険者を管理するためには必要なランク付けだ。確かにディアナギルドは『金獅子』が加入してから態度は酷いが……ギルドとして破綻はしてないはずだよ」

「ふん。まあ、そうね。彼自身、この牙一本を持ち込んでも仕方ないと言ってたし、あたしだってそこまで世間知らずじゃないわ。クエストを受けたわけでもないのに勝手に討伐してきましたー、で済むはずが無いわよね。ただ、秘密裏の功績として……一つ特例を作って欲しいだけよ」

特例、という言葉にギルドマスターは強い警戒心を見せた。かつてリーフ自身がそう口にしたように、規律というものは一度破れば後はずるずると引きずられてしまうものだからだ。

「ウルドギルド銀級のあたしが、ディアナギルド銅級のリーフとパーティを組むことを認めて欲しいのよ」

「それだけ……かい？　確かに階級も所属も違う者同士でパーティを結成することは基本的には認めていないが……意地悪なわけではないよ？　力量が近しい者同士で組むのが最善だからだ。それに、所属ギルドをないがしろにするのも褒められた行為ではない」

「分かってる。だからそれ以外は望まないわ。リーフが銅級のままで居たのは、銅級のクエストすらまともに受けさせてもらえなかったからよ。だから、ちゃんと後ろ盾が付いて一つ上のランクの依頼を受けさせれば完璧な結果を残してくれるはずよ」

　本当に、それだけだった。それをギルドマスターは表に出さないまでも、内心で笑みを浮かべていた。彼の記憶にある限りでは、『剣神』メリッサは仲間というものを必要としていなかったはずだったからだ。

　そんな彼女が、無理矢理ギルドマスターの部屋に飛び込んできて、望むのはある男の仲間になりたいことだと言う。それが、非常に興味深かったのだ。

「君にはとうに知られているだろうが……僕のスキルは『真偽鑑定』だ。誰がどう口にしようとも、『その話が事実か否か』が分かる。だから、ディアナギルドのリーフ君がとんでもない戦果をもたらした事は分かっている。だが、それだけでは例外は認められない。出る杭（くい）は打たれるものだ。若き冒険者を、そんなつまらない事で潰すわけにはいかない」

「それじゃ、あたしが冒険者であることを止めるわ。依頼も受けられなければ報酬も受け取れない身分になっても、リーフに……あの高みに近づけるなら構わない」

メリッサはそう言いながら、襟元に付けられていたウルドギルドのバッジを外して机の上を滑らせる。ギルドマスターは迫ってくるそれを目にして、流石に驚いた。

というのも……それは、いわゆる奴隷が受ける処遇だったからだ。それほどまでに……と、ギルドマスターも覚悟を決める。すっ、とバッジをメリッサの方へ滑らせると言葉を返した。

「いいや、『剣神』を手放すわけにはいかない。だから、こうしてはどうかな？　リーフ君がそんな扱いを受けているなら、ウルドギルドからスカウトを出そう。もちろん相応の実績は必要となるが……まあ、この牙だけでどうにか話を通せないか考えよう。そして、迎え入れたらパーティの『指導者』として、銀級の君も共に依頼を受ければいい。『指導者』にはあまりメリットのない規律だから、使う者もしばらく居なかったが……それならば、君達の冒険を止める理由は無くなるよ」

「……いいの？　そんな古い戒律を持ち出して、文句を言われるのはゴメンよ」

「僕自ら、触れを出そう。若き才能を育てる運動だとしてね。それなら、君が言う不相応な評価も是正されていくはずだ。不満は無いはずだよ……というか、これが僕に出来る最大限の配慮だ。余所のギルドにここまで介入するんだ、出費はデカいだろうね」

それはきっと、嘘偽りのない言葉だった。メリッサは『真偽鑑定』など使えやしないが、そのくらいは察する事が出来た。話し合いはもうしばし続いたが、ほとんどは『指導者』となるための手続き上の話だった。

そして、メリッサが去って行った後、静けさに浸ったギルドマスターはふむ、と顎に手を添える。

そういえば、と思ったのだ。メリッサが向かった未開拓樹海の方角に脅威度X－Sランクの『災害』が現れたらしいという噂をギルドマスターは耳にしていた。しかし、『災害』が舞い降りたにしては被害報告があまりにも見当たらないために気のせいかもしれないと感じていた所だったのだ。

しかし、世界中に波動が響くように、『災害』の反応は突如消えた。しかし、その偉業を成し遂げた人物がいつまで経っても分からない。これには有力者各者が頭を抱える事になった。『災害』の存在は、それだけ大きかったのだ。さらに、メリッサの話を聞くにそのタイミングで現れたのは『災害』ではなく期待の新人だと言う。

「いや、まさかね……」

ギルドマスターのスキルの欠点はただ一つ……自分で口にしてしまった事の事実関係は取れないという点だ。だから、それ以上は言葉を続けなかった。

――しかし、二人はまだ知らない。リーフがとっくにディアナギルドを辞めてしまった事も。これから先起こる、帝都の歴史に名を刻む大事件の事も……。

第十三話　脅威の気配

翌朝。俺がずっと借りている部屋から出ると、廊下に差し込む強い朝日に目をやられて腕で日除(ひよ)けを作った。その際に、じくりと頭痛がはしった。これは二日酔いか……。

俺は昨夜はしゃいだデミの酒場の二階を借りており、ここを巣にして冒険者稼業をやっていた。俺が『樹の魂』を求めて出て行ってから一年以上……それでもまだ部屋を残しておいてくれた事には感謝しかない。

一階の酒場に下りてみると、そこにはトゥイとメリッサが並んで座っており、カウンターには店員のカルアが立っていた。きっと、女将さんは昼からの支度だろう。

「あ、おはよー。リー君、昨日はすごく飲んでたね。お客さん達、『俺達のリーフが帰ってきた！』って満足そうにしてたよ」

「そうか……空気を悪くしたのは俺だからな。挽回できたなら良かったよ」

「んー、別にいいんじゃない？　アルさんは『お客さん』には寛容だけどそれ以外には容赦ないから。いざとなればこの通りの酒場全体と冒険者を味方に付けられるってのに、『金獅子』もまた嫌

がらせのためにそんな事するほど馬鹿じゃないっしょ」

アルさん、というのは女将さんの名前だ。かつてカルアに入れ込むあまりにストーキングを繰り返し寝込みを襲った金級冒険者を一撃でぶちのめした武勇伝は今でも帝都の酒場で語り継がれている。

他の従業員である亜人達もくせ者揃いだし、正直言うとそこまで心配はしていなかった。

するとメリッサが食事の手を止めてフォークをくるくると回しながら問いかけてきた。

「そもそも、なんであんた『金獅子』なんかに目ぇ付けられてんのよ？　いくら強さを誇示するためでも、銅級の最底辺にいるあんたじゃ当て馬にもならないでしょ」

「それは……ビクターと俺が幼なじみだからだよ。同じ育ちでもここまで違うんだぞって言いたいんだろうな。それと、俺は当て馬というか見せしめだ。『金獅子』に逆らうとこうなるぞってな」

メリッサは興味なさそうに「ふぅん」と呟き、トゥイは「まあ」と口に手を当てた。そして心配そうに俺を見上げて胸元で手を揃える。

「リーフ様……辛い生活を送っていたんですね。これからは、私が付いてます。安心して……と言っても、頼りにならないかもしれませんけど」

「その言葉だけで十分過ぎるよ。今まで俺には、そんな事を言ってくれる人さえ居なかったんだから」

もう湿っぽいのは終わりだ、と俺は二人の食べていた朝食をつまみ食いして笑った。すると、二人も表情を柔らかくして話を続けた。

「でもあたし、リーフはああいう酒の席とは縁が無いと思ってたわ」

「リーフ様が楽しそうで良かったです。里での宴もそうでしたが、リーフ様はお酒も好きなんですね。以前とは違う大人っぽさです」

「何よ、別にロックの蒸留酒を傾けてるわけでもないでしょ。酔っ払って馬鹿したいだけの集まりよ。酒を覚えたばかりの連中なんて猿と変わらないわ」

耳が痛い話だ。実際、俺なんかはアルコールで繋がってワイワイ騒げればいいだけだからな。しかし、冒険者とは得てしてそういうものだとも思う。

「それに昨日、ディアナギルドは辞めてやったんだ。トゥイ達とここまで来なきゃ出来なかった選択だ。ここから成り上がって見返してやるぜ」

「はあっ!?　あんた、ギルド辞めたの？　なら、今はフリーってこと？」

すると、メリッサはそんな話は聞いていないとばかりに身を乗り出して怒鳴った。そういえば、『金獅子』とのいざこざや宴会で話し忘れてたか。

「力が無いから使えない、力を手にしても使わないと言ってくるもんだからな。話にならないって決別してきたよ。それがどうかしたか？」

「いや……はあ、ホント、あんたって読めない奴。あたしの苦労は何だったのよ……」

力が抜けたように肩を落とすメリッサに、よく分からないが「どんまい」と声をかけておいた。

するとまたメリッサの眼差しがキツくなった気がするが、俺にはてんで心当たりが無い。

「それならリーフ。うちに来なさいよ」

「メリッサの所属ギルドって……ウルドギルドだろ？　無理だよ、俺なんか。あそこは徹底した実力主義じゃないか。銅級の最底辺にいた俺なんんか、認められるわけがない」

俺の言葉に、メリッサは「それは違うわ」とツッコミを入れる。そして、ピッと人差し指を立てて順序立てて説明してくれた。

「ある意味、実績主義とも言えるわ。良くも悪くも、功績に関してだけは一切の有無を言わせず評価されるの。その点あんたなら問題無いわよ。少なくとも、あたしが連れてった銀級三人よりは強かったんだから。それとも、あんたはあいつらの方が弱かったとでも言うつもり？」

そう言われては、俺も謙遜してはいられない。なるほど、その考え方が実績主義か。討伐にまぐれはない。力無き理想は夢物語。それがウルドギルドの掲げる信条だと聞く。

「いや……ううん……そうだな。そこまで言ってくれるなら、ウルドギルドに――」

「っ！　リーフ様、魔物です！　西に三十キロ、こちらに向かって飛んできています。強い魔力の波動を感じます！」

その時、バッと飛び上がったトゥイがそう口にした。索敵に優れたトゥイが言うなら間違いないだろう。

「強いって……どのくらいだ？」

「それなりに、でしょうか。里の近くも何度か通った程度です。少なくとも、『災害』並じゃないですよ」

ふむ、そう大した脅威じゃないのか。だけど、帝都に向かってきているってのが厄介だな。早めに手を打たないと余計な被害を生む可能性がある。王城などが傷つけられれば、現代の技術じゃ修復しきれない可能性がある。

それはこの宿だって同じだ。天井や柱はともかく、地盤が割れでもしたら建て直しようがない。

「それならいけるか。ちょうどいいじゃないか。ヘタな獲物を持ち込んでメリッサの株を下げるわけにもいかないし、一人で実力を以てして実績を作ってくるよ。今の俺はフリーの冒険者だし、依頼も待たず討伐しても大丈夫だろ」

「……ホントに、大丈夫なの？　別に、あたしがこっそり手助けしたって……ギルドマスターは認めてくれると思うわよ？　それから……あたしと一緒に実績を作っていけばいいじゃない」

そんな俺に、メリッサは眉間にしわを寄せて不服顔で詰め寄ってくる。せめて安心させようと、その頭をぽんと叩いた。

「試験でズルをするような……そんな情けない奴に、メリッサとパーティを組む権利はないね。こんな俺と組むって言ってくれた女の子に、みっともない真似見せられねえだろ。そこで待ってな」

メリッサには悪いが、俺はおんぶに抱っこで成り上がる気はない。俺だ。俺がしなければ意味が無いんだ。そんなのじゃ、いつまで経ってもあいつらなんか見返せない。

「……本当に、意固地な奴」

「大丈夫ですよ。彼はたった一人で伝説を打ち倒した方なんですから」

「リー君の精神はぶっ壊れてるからねー。今回も何とかするっしょ」

デミの酒場を出る前に、そんな声が聞こえた。俺はただ西に向かって走り出し、平和に帝都で過ごす人々を見ながら、こんな人達の生活を壊させるわけにはいかないとさらに速度を上げた。

第十四話　逃避行

帝国の最大手冒険者ギルド、ゼウスギルドの斥候(せっこう)であるソルエールは焦っていた。帝都より西の監視を任されている彼は各諸国に置いた監視水晶で、各国に起きた惨劇を目にしたのだ。

より簡潔に言うなら、巨大な鬼による惨劇で『国が一つ消える瞬間』を見た。後はもう何度見返しても、そこにあるのは惨憺(さんたん)たる国だった瓦礫(がれき)の山だった。

——あれはマズイ。万が一帝都に到着する事になれば、帝都もまたあの国達のように押し潰されてしまう！

ソルエールが斥候である理由に、彼のスキルが挙げられる。その名も『瞬間転移』。精密に道を覚えた場所になら一瞬でワープできるというものだ。強力なスキルだが、制約は多い。

少なくとも可能な限り早く帝都に帰るためには、一定距離まで近づく必要があったのだ。監視水晶を覗きに行ったタイミングが良かったのか悪かったのか……とにかく彼は、この情報を帝都に持ち帰る義務があった。

「連れてきたのは……あの水精霊族(ウインデーネ)だ！　精霊族は上位魔物の大好物だからな……彼女さえどうに

かすれば、まだ致命傷は免れるかもしれない！」

彼が見た巨大な一本角の鬼……おそらくは上位魔物『鬼神』は、国を潰すために歩き回っていないことがソルエールには分かっていた。魔物が人里を襲うのは、肉と魔力を喰うためだ。だというのに、鬼神は倒れた人には手を出そうともせず前進を続けていた。

それはすなわち、もっと美味いモノが目前にあるということ。そこに目を付けたソルエールは地上にいる中で無事な存在を探したのだ。

そして、そこにいたのが一人のウィンデーネ。水晶越しでは顔を確認できなかったが、彼女が纏う白の羽衣を見てソルエールは確信を得た。

「くそっ、どこかに捕まってたのが逃げてきたのか……？　じゃないと、こんな樹海のど真ん中にウィンデーネなんかいねえだろ！」

水精と呼ばれる自我を持たない精霊の眷属は川辺などに住んでいるが、ウィンデーネは樹海の遥か彼方にあるというウミと呼ばれる一面の水世界で生きているはずなのだ。

その時、ちょうどソルエールの視界に向かい側から走ってくる一人の冒険者が映った。目指す先は、先ほど一つ消えた国の跡地だ。よくよく近づいて見てみれば……そこにいるのが、『無能』でおなじみのリーフである事にソルエールは気付く。

「君！　ここから先は危ない、魔物が――」

「分かってるよ。だから行くんだ！　ちょうどいいや、本当に居るなら帝都に帰って知らせてやってくれ！」

そう言い残して去って行く青年は見る間に遠くなっていく。凄まじい脚力だ、とソルエールが感心している間に影すら消えてしまう。樹海の走り方を完全に理解してでもいないと、あの身のこなしは身に付くまいという程の速度だった。

「勝手にしろ、『無能』が――！　死にたがりの世話まで見てる暇はない！　今は帝国の危機なのだ！」

もう届かない最後の言葉を残し、ソルエールは『瞬間転移』して帝都に戻る。その先はゼウスギルドだ。全ては、ゼウスが判断すること。一斥候のソルエールにはリーフを守る術は無かったのだ。

こうして、すぐに帝都中に警報が鳴り響くことになる。

◇

ウィンデーネの少女、マリンはただ必死に走っていた。透き通るような水色の髪がなびき豊満な胸が揺れ、本来なら穏やかなのだろう顔つきは今は苦渋に満ちていた。蒼くすら見える肌から生まれる水色の羽衣が、彼女をウィンデーネたらしめている象徴だった。

苔まみれの地面に足を取られながら、ただただ走っていた。ひたすらに、あの鬼神から逃れるために。言いつけられた通り、帝国領に向かいながら。

彼女をそこまで必死に走らせたのは、首に固く巻き付いた『隷属の鎖』だった。それは奴隷の証。僅かにでも主人への反抗心を見せれば首が爆散する。そういう代物をマリンは身に付けさせられていた。

――わたしが無事に鬼神を帝都まで導けば……他のウィンデーネに手は出さないと決めてくれたんだ。わたしなんか、もう死んでしまってもいいけど……あんな日々をこれからも送るくらいなら、死んだ方がマシだけど……死後の魂でさえ後悔することは怖くて仕方ない！

身の丈など遥かに超える、華奢(きゃしゃ)なマリンの八倍はあるだろう体軀を持った鬼神に対して取れる手など、逃避しかなかった。マリンはこの『鬼ごっこ』をさせられてからしばらくもしないうちに、これはもう導くだとかそういう問題ではなく、見世物にされている事にも気付いていた。

惨(みじ)めだ。誇り高き精霊族に生まれながら奴隷に堕ちて、やっていることは戦争と人殺しの手伝いだ。人間を手助けするために存在しているはずだったウィンデーネが……あまりに惨め過ぎた。

「帝都まで、もうすぐ。帝国には実力者が沢山居るって知ってる。きっと、あの鬼神を倒してくれるはず……！　わたしの仕事は、それで終わり。そうに決まってる……じゃないと、やってらんないよ……」

マリンはそれでも最後の意地として、血が流れるほど強く唇を嚙みしめた。いつか、誰かが、もしかしたら、神様が見てくれてるなら……そこに救いはあるはずだ、と。

彼女が連れ去られたのは約十年前。海という樹海から離れた水の殿堂で何不自由なく暮らしていた。だが、ある日現れた魔導兵器を使う人間達によって連れ去られたのだ。それはマリンにとっても断腸の思いだった。

自分一人が、仲間を逃がすための殿（しんがり）となったのだ。その理由は唯一つ、彼女がウィンデーネの中でも随一の魔法使いだったからだ。本来、一人が授かる魔法属性は一つ。

だが、『樹の魂』を遊びで口にして『魔力切替』のスキルを得てからは、複数魔法を一回の詠唱で一つずつなら使うことができるようになった。

そうなってからは、調子に乗るなという方が無理な話だ。元々好奇心旺盛だったマリンは海より広いという樹海に興味を持ち、陸地にも上がるようになってしまった。

そこを、魔導王国が張った包囲網に捕らえられた。だから、マリンが全ての責任を負うのは当然の流れだったのだ。

いずれの属性にも属さない魔導兵器にどうにか対抗できたのはほんの数十分。マリンはあっけなく『隷属』の魔法に縛られ、抵抗もできなくなった。

救いがあったとすれば、珍しいスキルを持った精霊族という戦果で魔導王国兵達が満足してくれた事くらいか。そのおかげで他の仲間は遠くへ逃げることが出来た。

それからの十年は精霊……いや、人間としての生活さえまともに送れなかった。食事は一日に一度カビたパンがもらえる程度。奴隷兵としての訓練を続ける毎日に、ついにマリンは参ってしまった。それが一年前の話。

ウィンデーネは流水がなければ本来の魔力を発揮できない。それが発覚してからは、もはや奴隷兵としてさえ期待されず、ついに今回……上位魔物の誘導役、つまりは生き餌としての命令を受けたのだ。

これから敵対する予定の帝国への嫌がらせ。そのためにマリンは命を捨てろと言われた。もはや彼女には……反抗する意志さえなかった。むしろ、ようやく死ぬことが出来るんだとさえ思っていた。約束を守ってくれるなら、もう自分一人が死ぬだけで済む話だと思い込むしかなかった。

だが、連れて来られたのは近くにいるだけで震えが止まらない程の負の魔力を宿した鬼神だった。

即座に走り出したのはただの生存本能、マリンの意志ではなかった。

そして、いくつかの国を巻き込んだ逃走劇は……あまりに唐突に終わりを迎えた。

「やあ。何だか大変みたいだな。悪いけど、あいつは俺がもらっていいか？　怖かったろ、よく逃げ延びた。少し離れてな」

そんな、優しく穏やかな声。黒髪の青年は、小さな剣を腰に付けただけの軽装備だった。ああ、また一人殺してしまう。わたしが弱いせいで。マリンはそう思ったが……今は、わらにもすがりたい思いで一杯だった。

「あなたは……？」

「俺は今、強敵を求めててね。ちょうど良く向こうさんから来てくれたんだ。君にどんな思惑があるのかは知らないけど、狩らせてもらうぜ」

マリンはとっさに「無理、逃げて……」と言葉を返そうとした。が、すぐ近くに跳躍してきた鬼神に怯んで声に出せなかった。いつの間にか追いつかれていたのだ。

しかしそれはそうだ、マリンはそもそもウィンデーネの魔法使い。陸上での持久走の訓練など受けていないのだ。

そして、次の瞬間……鬼神の持つヒヒイロカネを含んだ大岩で出来た棍棒が振り下ろされる。もはやこれまでか、とマリンは目を瞑った。

「……良い。良いな、お前。めちゃくちゃ強そうじゃねえか――！」

しかし、衝撃はいつまで経ってもやってこず、聞こえてきたのは自信と歓喜に満ちた青年の声だった。

あの一撃は国一つを滅ぼしたそのものだ。それを、その青年は……左手一本で止めてしまっていた。それも、右手で持ち歩き型の魔香である黒いパイプを咥えて紫煙をふかしながら。

「な、何なの？　あなたは……鬼神の一撃なんだよ……？」

「俺はリーフ。二つ名なんて大層なモンは持ってないが……ま、気にすんな。話は後だ。とりあえず、このデカブツをどうにかしないとな――」

――ギャアアアアウウウ……！

鬼神は渾身の一撃が受け止められたことが悔しかったのか、人型故に持っていた声帯でかすれた雄叫びを上げた。

マリンは何もかもが理解できず……ただ、自分を庇（かば）ってくれた青年の姿を目に焼き付けていた。

第十五話　鬼神戦

待ちに待った強敵との戦い。初狩の悪魔（ザ・キラー）の時とは訳が違う。少なく見積もっても、相手は脅威度Aランク以上。

そう目算したのは、経験や何かじゃない。俺はEランク以上の魔物とは関わらせてもらえなかったから、アバウトな計算だ。だが……この見上げるほどの巨体と威圧感が物語っている。

――こいつは間違いなく、手強い。だからこそ、燃えるというものだ！

「鬼神、つってたか……おとぎ話では聞いたことがあるな。鬼の頂点って話だったけど、単独で来てくれたのには感謝するよ。流石（さすが）に一人で百匹は取り逃す可能性があるからな」

その言葉が聞こえたかどうかは定かではない。だが、鬼神は立ち止まり俺と対峙する姿勢を見せていた。少なくとも、俺を片付けておく敵だと認識してくれたわけだ。

「見たところ、力自慢の打撃が主体か？　いいねえ、俺もそのクチなんだ。不器用同士、殴り合おうじゃねえの」

　そう言って構えた瞬間だった。鬼神の口元から何かしらの呪文が唱えられ、俺の体に異常な重力が乗っかった。どうにか立っていられたのは、咄嗟(とっさ)に『蔓龍の皮膚』を発動させたからだ。

　だが、俺と鬼神を取り囲むような円の部分だけが簡単には登れない程度に陥没していた。やはり相手も知能を持っている。自分で有利な戦場を作れるのは攻撃範囲が広い魔物の利点だな。

「んな事しなくても逃げやしねえよ……。鬼族は地魔法を使うって事を忘れてたな。頭領ともなると、ここまでできんのか」

　と、その時だった。鬼神の口が開かれ、そこから不器用ながらも、どうにか聞き取れる掠れ声で人間の言葉を発したのだった。

「若キ、『サイガイ』よ……きサまが、オれの、相手カ……？」

「何だよ、喋れるのか。いいね、俄然乗ってきた。意思を持つ者同士の熱いぶつかり合い、これこそが冒険者って感じだ！」

　しかし、考えてみればそりゃそうだという話だ。意思ある魔物の中でも長命種となれば人間の言葉くらい理解できるのだ。あの蔓龍だって喋る器官が無かっただけで言葉は持っていたのだから。

「『災害』ね……そう言われて連れて来られたのか？　だったら安心しろ。精根尽き果てるまで戦ってやるよ。それとも、俺じゃ不服か？」

「貴様は……確かニ、強者也。文句は……ナイ！」

それが、開戦の合図だった。俺が駆け出すのと鬼神が棍棒を振るうのはほぼ同時だった。すると、どうなるかというと……俺と鬼神の近接戦闘というものの格差を思い知らされる結果となった。

「そりゃ、デカけりゃリーチも長いわな……くそっ、ウィレンより馬鹿力じゃねえかよ」

鬼神の一撃で俺は軽く吹き飛ばされた。『蔓龍の皮膚』のおかげで傷こそ負っていないが、魔力をごっそり使わされた。蔓龍を喰ったために魔力の器は大きくなったといえど……あと十も被弾したら魔力が先に尽きるか。それほどの威力だった。

そして、考える間も鬼神は与えてくれない。すぐさま第二撃が振り下ろされる。

間違いなく直撃のコース。ならば……と俺は全力の『筋力増加』で鬼神の頭上へと跳んだ。下半身が砕けたか、と錯覚するほどの激痛。

「拳も『筋力増加』を……全開だっ！」

どれだけの打撃が効くか分からない。だから、俺は腕さえ犠牲にしつつ持てる力を全て使って鬼神の顎を打ち抜いた。肌に波紋が出来るほどの威力の一撃を食らった鬼神は……ぐらりと体勢を崩して膝を突く。

出来る事ならもう一発加えたかったが……今は回復の方が先だ。『超速再生』が行われる中、ウッドエルフの調合書を見ながら作った『修復の丸薬』を飲み込んだ。これはパイプを通さずとも俺の体の回復を手伝ってくれる。

ハーブのブレンドを考える片手間に作ったものだが、一応持ってきておいて良かった。

ついでにマハト草を魔香にして魔力回復に努めるが……十分に吸い終える前に鬼神が立ち上がってしまった。だが、見れば下顎は砕け歪み、まだ足下は落ち着いていなかった。

「効イたゾ。良い拳ダ」

「あんたの棍棒もな。ま、すぐに治っちまったけどさ」

「そうダナ……『サイガイ』相手に手加減ナど、スルものでハ無かっタ」

……手加減？　『蔓龍の皮膚』を使ったガードを吹っ飛ばすくらいのアレが？

鬼神は棍棒を捨てると、小さな小屋ほどもある拳をガチリと合わせる。同時に、直感する。あの棍棒は、あくまで効率よく広範囲を破壊するためのものだったのではないか？　俺の剣と同じく、一応持っているだけ……最強の一撃は、拳なのではないか？

「ぐっ……！　流石にここは！」

俺は魔力が大きく削られることも構わず『蔓龍の皮膚』を全開に発動させた。それとほぼ同時に、鬼神の拳が振り抜かれる……事はなく、俺の体にあたった途端ピタリと止まった。

むしろ、鬼神の右拳がバキバキと音を立てて砕けていくのが分かる。そして、それと同時に……俺は皮膚より奥に響いた衝撃に思わず血を吐いていた。

「がはっ……たい、したダメージじゃねえか……『災害』の肉体に傷を付けるとはな。いや、俺がまだ未熟って話か……今度は、俺の番か。効いたぞ、鬼神」

「貴様ガ、言っタのだ。殴り合オう、と」

鬼神の言葉に俺は戦いの最中だというのに、思わず呆気に取られてしまった。あんな売り言葉を真に受けて……心から、いや身さえ削って応えようとしてくれたのか？

まだ俺はスキルに振り回されている。おそらく、真っ当に戦えば良い勝負くらいは出来るかもしれないが、三日後には鬼神が勝利していただろう。

俺は『超速再生』で体の内部を癒やしつつ、畏敬の念を込めて鬼神に呼びかけた。

「悪いが、俺はまだまだ持久戦なんか出来ない。だから、次の一撃で決めようぜ。互いに全身全霊、渾身の一発を放って……生き残った方の勝ちだ。お前との戦いは、しっかりとした結末にしたいんだ」

「オウ……！」

鬼神はまだ砕けていない方の腕を振りかぶり、俺もまたパイプの中身を入れ替えて一息吐いた。

そして、全力で地を蹴って鬼神の拳を迎え撃つように殴りつけた。

『筋力増加』×『蔓龍の皮膚』×身体能力を底上げする『フィジの葉』の魔香バフ。

俺が今持ちうる最強の組み合わせだ。もしこれが通じなきゃ……俺より鬼神が強かっただけの事だ。

そして、ついに接触。だが、手応えはまるで鋼鉄を撃ち抜いたような感覚だった。だが、そこで止まらない。容赦などしない。それが、強敵に出来る精一杯の心がけだから。

「グ……オぉ……アア！」

「げほっ……うおおおあぁぁ！」

俺は全身が壊れる感覚さえ無視して、さらに力を込めた。すると、次の瞬間……鬼神の左拳を貫き、勢い余って左半身を消し飛ばしていた。

もちろん、今の俺の腕力だけでこんな真似はできない。全ては鬼神が真っ向勝負をしてくれたからこそ、『蔓龍の皮膚』で最大限の衝撃を跳ね返せたのだ。

それはつまり、鬼神もまた……俺を強敵と認めて、真っ正面から向かい合ってくれたということ。

俺はこれ以上無い充実感と共に、自由落下したまま鬼神の創り出した決闘場の外へ着地した。すると、もう意識がおぼろになっている鬼神と目線が合った。

最後に残った魔力で『超速再生』が始まる中、俺はぜえぜえと息を荒くしながら相手の出方を待った。まだ足りないというなら……俺も、覚悟を決めよう。

「オれは……貴様の敵で在れたか……？」

だが、鬼神が漏らしたのはそんな言葉だった。おそらく、もう長くない。彼の、鬼神にまで至った冒険は、ここで終わりを迎えるのだろう。だから俺も、よく聞こえるよう大声で返した。

「ああっ！　楽しかったぞ、鬼神！　これでこそ強者との戦いって奴だ！」

「く、クくく……人間如キに騙(だま)サレテ来てみたガ……満足、ダ……」

ズゥン、と地に沈む巨体。その後はいくら待っても反応は無く、魔力の波動も消えてしまっていた。俺は自分と鬼神が血まみれになったのも構わず、パイプを咥(くわ)えて魔力回復を図ると同時に……

勝利の味をよくよく噛みしめた。

どれだけ傷つこうが関係無い。木の根をかじり泥水をすすろうとも、戦いの果てに立ってる奴こそが勝者なのだ。俺は常々自分にそう言い聞かせてきた。だからこそ、今もこうして立っていられる。だからこそ、俺は戦えるのだ。

冒険者の鉄則その二、立ち上がるなら血まみれで地の底から、なんてな。

やはり、俺の冒険はまだまだ楽しいものになりそうだ。いくらでも俺より上の存在はいる。まだまだ成長の余地がある。命を懸けられる。冒険って、そういうものだろう。

今はただ、そんな当たり前の事を思い出させてくれた鬼神に、感謝をしよう。

第十六話　古い鏡

「あ、あの……大丈夫？」

鬼神の魂が昇るまで一服していようとパイプを咥えて座り込んでいると、先ほどのウィンデーネの少女が話しかけてきた。

こうして落ち着いてみると、随分な美人であることが分かる。トゥイがお人形でメリッサが可愛い女の子だとすると、この子は清楚なお姉様といった感じだ。まあ……俺より年下なんだろうけど。年下がお姉様になれない理由はない。雰囲気の話だ。

「ああ……問題無いよ。ポーションみたいなモノ飲んだから。後は勝手に治っていくよ」

「あんな大きな鬼を相手に……すごかったね。わたし、逃げるのに精一杯で……そう、本当にそれだけで……」

ぐっと少女の唇が引き締められる。だけど目元はヘラヘラ笑ったまま、姿勢はゆらゆらと落ち着きが無かった。さらによく見てみると、その首元に奴隷の証である『隷属の鎖』の紋章が見て取れた。

帝国にはあまり奴隷がいないが、例えば魔導王国なんかでは普通の文化って聞くな……。それにしても、精霊族の奴隷は珍しい。例えば大昔は群雄割拠する上位魔物の囮として使われたとも聞くが……って、それってまんま今の状況じゃないか？

「……あの鬼神を連れてくるよう、命じられたのか？」

俺のその質問に、少女はビクリと肩を竦ませる。どうやら、図星らしい。となるとこれはただの魔物の異常発生じゃなくて、人為的なもの……この子は餌にされたということだ。

「わたし、マリンっていうの。魔導王国の奴隷、マリン……その通りだよ。帝都まで逃げ延びれば、解放されるって条件で……あなた達の国への攻撃が成功すれば、って」

「へえ、なるほどね……確かにあれが帝都に来てたら危なかったな」

「……怒らないの？　敵国なんでしょ？」

「少なくとも、俺の敵に魔導王国は入ってないな。国としては知らないけど。それで？　何だ、殴って欲しかったのか？」

俺がそう問いかけると、マリンは俯いてぽつりと呟く。

「いっそ、殺して欲しかった。やっぱり、あの時死んでおくべきだったのかな……あんなに沢山の人や国を巻き込んで、それでも逃げて……取り返しの付かない事になっちゃった」

俺は思わず、咄嗟に慰めの言葉をかけようとした。だが、すぐに思い直す。

その声には、覚えがある。それはそう、ビクターが露骨に俺に悪意を向け始めた頃の事だ。悪意というものに囲まれると、つい自分が悪いんじゃないかと思ってしまうものだ。

どれだけ諦めが悪くてもどうにもならない現実がある事は俺がよく知っている。

そんな中、見ず知らずの他人から受け取る慈悲なんか、鬱陶しいだけなのだ。少なくとも、俺はそうだった。だから、言葉を変えた。

「……そう思うんなら、そうなんじゃねえの？　俺は知らないけど」

「あは、あはは……そうだよね。ごめんなさい、助けてもらってそんな事言って……わたし、行くね」

マリンは苦笑交じりにはにかみながら立ち上がり、帝都とは逆方向に向かって歩きだそうとする。その水色の羽衣に包まれた背に向かってまた声をかけた。

「戻るのか？　お前は人間爆弾ならぬ精霊爆弾として放たれたんだぞ。帝国にダメージも与えられないまま帰れば今度こそ魔物の餌になるぞ。俺は、お前みたいなのを何度も助けてやるほど優しくは無いからな」

「分かってる。でも……どうせ、この首輪からは逃れられない。だったら……他の精霊がまた捕らえられないよう、わたしが一分でも長く奴隷でいるよ」

声には悲壮、纏う空気には決意。随分とまあ、悲劇のヒロインのような気分に浸ってしまっているらしい。だから俺は、全力で水を差そう。

「へえ、随分な死にたがりだな。でも、断言するけどお前が走り出した瞬間にお前の飼い主は高みの見物してるぞ。精霊なんて、そう簡単に捕まえられるわけじゃない。つまり、間抜けにも捕まったお前の運が悪かっただけだ。それでいて往生際も悪いとは、恐れ入ったぜ」

俺は魔香を深く吸って嫌みに嗤い、ぷはぁと吐き出した。流石にその煽りに、マリンは振り返って眉をひそめた。

「何なの、あなた……！」

「俺は戦いもせず負けた気分でいる奴が嫌いなだけだよ。殴られて殴り返せず枕を濡らすだけなんて、とんだ負け犬だぜ……俺はそれを、よく知ってるだけさ」

「そんなの……そんなの分かってるよ！」

マリンはついに堪えきれなくなったのか、早足で戻ってくると俺の胸を殴りつけた。とはいっても、本当に拳を添えただけのような強さだったが。それでも、何度も何度もポカポカと殴り続ける。

この子は、人の殴り方も知らない……そんな、優しい子なのだ。そんな子がただ殺されるなんて、ゴメンだ。

だから、『蔓龍の皮膚』も発動させず、敢えてその拳を受け止めた。しばらくして、疲れた様子のマリンはポロリと頬に一滴の雫を垂らした。

「……何だ、出るんじゃねえか。涙」

「えっ……？」

俺の言葉でようやく気付いたのか、マリンは目元をこすった。

「ムカついたんだろ。それって悔しいって事だろ。見ず知らずの俺なんかにここまで言われて、反撃する気力くらいは残ってるって事じゃないのか。だったら、何故それを自分を虐める事だけに向けてんだよ。お前を奴隷なんかにした奴を同じように殴り倒せよ。そのための力がないなら死ぬ気で力を目指せよ。奴隷だろうが貴族だろうが、樹海の中じゃ同じ一つの命だ。だからそれを自分から捨てるお前は、間抜けだと言ったんだ」

思わず俺は語気を強める。こいつは、きっと『樹の魂』に出会えなかった俺自身なのだ。それはつまり、トゥイやメリッサに出会えてない、独りになるのが怖くて仕方なかった頃の、俺だ。

俺は他人のために何でも出来るなんて言うつもりはない。だけど、過去の自分だけは見捨てられなかった。

マリンはもう涙を隠そうともせず、思いの丈を叫んだ。その時俺は、ようやく彼女と出会えたような気がした。

「じゃあ、じゃあ……わたしは、どうすればいいのよ！　『隷属の鎖』から逃れたいと思えばそうなるの!?　超魔導技術で造られたこれが外れるの!?　そんな奇跡、あるわけないじゃない！　あなたは、わたしが十年間どんな目に遭ってたか、何も知らないからそんな事が言えるのよ……！」

「ああそうさ。俺はお前の事なんか知らない。目的の魔物は倒したし、このまま帝都に帰るだけだ。だけど、流石にこのままじゃ俺も後味が悪くてな……一回だけ、問いかけて帰ることにするよ。お前、本当に死にたいのか？」

そんな意地悪な問いかけに……素直になれよという思いに、マリンは食いついてきた。

「そんな、そんなわけないじゃない！　生きたいよ、死にたくないよ……でも、でもっ……どうすればいいのかなんて分かんないんだもん！　わたしはどうすれば、救われるんだよぅっ……！」

それが、きっとマリンというウィンデーネ。俺は残った魔香を吸い終えると、パイプを懐にしまってマリンの頭を撫でてやった。

「よく言えたな。俺はそれができなかった。だから二十年も苦汁を味わってた。お前はたった十年で済んだんだ。だったら、ここで出会えた俺を頼れよ。今すぐの力が無いなら臆面も無く助けを求めろ。一度は助けた命だ。二度救うのも手間は変わらない。叫べよ、本当の気持ちを。神様が聞いて無くても、俺が聞いてやるよ」

そして、マリンはおそらく心の底からの願いを、ようやく口に出した。涙で濡れた声で、それでも懸命に。ただ手を伸ばした。

「わたしを……助けて、ください。自由じゃないまま死ぬなんて……やだよ……ホームに、帰りたいっ……！」

「よしきた」

俺はそのまま、首元にある『隷属の鎖』に触れる。うん……この程度の魔力なら問題ない。『災害』のブーストがあれば解けるはずだ。そう……俺が偶然手に入れたスキル、『支配』によって彼女の主人を上書きしてやるのだ。

「発動……『支配』。お前は、俺のモノだ」

そして、あまりにあっけなく……マリンを縛っていた『隷属の鎖』は首から浮かび上がってきてガシャリと音を立てて地面に落ちた。


――『支配』が消費されました。


あー、消費型のスキルだったか。まあ、どっちにしろロクなスキルじゃない。良い使い道が出来たと考えよう。ったく、こんなモンで縛りやがって……苦しかっただろうな。

俺は苛立ちのままその鎖を踏み潰すと、まだ何が起こったのか理解しきれていない様子のマリンに向かって笑いかけた。

「この後、俺が支配権を放棄すりゃ、お前はもう自由だ。機会があれば樹海を今度は普通に歩きな。きっとウミなんて比較になんねえくらい面白いモンがいっぱいあるぞ。ほら、諦めなきゃ人生どうにでもなるもんだろ？　死にたいなんて考える暇があったら、立ち上がる努力をすべきだぜ」

「でもっ……えっ……だけど、魔導王国が……」

「そんなモン、お偉いさんのする話だろ。奴隷だったお前が気にすることじゃない。当然、ただの冒険者でしかない俺にも関係ない。な、自由ってのは、いいもんだろ？」

「……うん。ありがと、ありがとう……！　ねえ、名前、教えて？」

「俺はリーフ。礼を受け取るのは主義じゃないんだけど、今回ばかりは素直に受け取っておくよ」

溜め込んでいたのであろう涙を、もはや堰を切ったようにボロボロと零すマリンの頭を繰り返し撫でてやりながら、やっぱりもう一本分くらい魔香を持ってくれば良かったと後悔した。

第十七話　英雄の誕生

　その日、穏やかな暮らしを続けていた帝都に、激震が走った。帝都中の人間を押しつぶすような、人智をあざ笑うような圧力、魔力反応が出現したのだ。それを街中に知らせるために大音量の警報が鳴り響く。

『この帝都に、脅威度Xランクの魔物……謎の鬼が猛スピードで向かってきております。繰り返します。脅威度Xランクです。既に周辺諸国の一部が「消滅」しております。住民の皆様方は即座に避難の準備を！　冒険者各位はそれぞれのギルドで態勢を整えてください！』

　警報は間違いなく、帝都でも大重鎮のギルドであるゼウスギルドから発せられてた。帝都に魔物が近づく事自体はそう珍しい話ではない。だが、ゼウスギルドが発見して『自分達だけでは対処できない』と声明を出すのは長い歴史でも初めてのことだった。

　そして、リーフが去って行ったディアナギルドでも緊急会議が行われていた。

「今こそ『金獅子』の力を帝都に示すべきです！　ウチからは彼らを出しましょう！」

「馬鹿者、脅威度Xともなれば、一パーティでどうにかなる問題ではない。だからこそゼウスギル

ド も帝都全体に協力を要請したのだ。もし『金獅子』を失うことになれば……」

「国ごと無くなっちまう事を考えれば出し惜しみしている場合じゃないでしょう!?　それに、この未曽有の危機は逆にチャンスでもありますよ。大きく貢献すれば帝都でのギルドヒエラルキーも逆転するはずです！」

議論は既に『どう脅威に立ち向かうか』ではなく、『どうすれば報酬が大きくなるか』に移りつつあった。それがディアナギルドの性質。冒険者同士の依頼の取り合いなどが起こっている現状では普通の対応かもしれない。

しかし、それ以上に『金獅子』という一つのパーティの神輿を担いでいるために、他の冒険者への意識が薄れつつあった。それが今ここで露見した。

しばらく愚にもつかない話し合いをしている間……その時、あの降りかかるだけで体が潰されそうな魔力の圧が消えた事をその場にいた誰もが感じた。どういうことだ、と口に出す前に再び警報器から声がした。先ほどの放送からまだ三十分も経っていないというのに、何が起こったのかと全員が耳を澄ました。

『えー、緊急、緊急です！　先ほどのXランクの魔物、鬼神ですが……たった今、討伐されました。それも、一人の冒険者の力によって……って、マスター、これ本当ですか？　いえ、確かに魔力反応は消えてます！　その英雄の名は……ええと、リーフ、さんです！　ありがとう、ありがとう、冒険者リーフ！　彼の名は、英雄として語り継がれるでしょう。詳細は後日また追って知らせます……今は、この脅威が収束した事を喜びましょう！』

その名は、ディアナギルドでは特に有名な名前だった。いつまで経っても銅級の最底辺にいる、『金獅子』からイジメめいた事を受けている事は幹部も知っていた。

「確かに……帝都周辺から一切の魔物反応が消えた。もちろん、あの馬鹿でかい魔物の反応もな。ふう、一時はどうなるかと思ったが……リーフといえば、ウチ所属の冒険者ではないか。まさか単独でXランクの魔物を討伐するとは思わなかったが……これで、手柄は独り占めというわけか」

ディアナギルドマスターがそんな事を口にした時、会議室の片隅に居たレリーの肩がビクリと跳ねた。いつも化粧を怠らない彼女の顔には脂汗が流れ、顔色は蒼白に染まっていた。

（そ、そんなすごいスキルを持ち帰ったのに……アタシ、追い出しちゃった……。いや、でも、あのリーフなのよ？『無能のリーフ』がそんな事するなんて……）

「資料を見る限り、彼はスキルを入手するべく遠征していたようだな。そこで強大な力を手にしたのだろう。これからは頼れるかもしれんな……確か、担当はレリーだったな。やったじゃないか、君も大出世頭の担当だぞ！」

「いえ、あの……はい……。そ、そうですね……でも、そのリーフなんですが……先日、ディアナギルドから、追い出して、じゃない。そう、勝手に出て行ってしまったんです！」

その一言で、場の空気はピシリと凍った。みるみるうちに険しくなっていく幹部の顔を見て、レリーの胃はまたキリキリと痛み出す。

「馬鹿者！　今すぐに連れ戻してこい！　他のギルドに取られでもしてみろ、貴様の首一つじゃ済まさんぞ！」

「は、はい！」

（もう、一体どういうことなのよ！　確かにスキルは『毒耐性』だって……あ、でもその後色々言ってたかも。あー、もう少しまともに聞いとくんだった！）

だが、もう後悔しても時は遅い。レリーの持つバッジは、突きつけられた絶縁証明書だからだ。

第十八話　帰還と転換

さて、ゆっくり歩いて帝都に戻ってきたはいいが……困った事が二つあった。

一つは帝都がいやに騒ぎになっており、中央通りを歩けなかったこと。そして、マリンに故郷に帰る術（すべ）がないと言われ連れ帰ることになった事だ。敢えて付け加えるなら、鬼神の額に生えていた大きな一本角を二人で運んできているというのもある。

「この中ウィンデーネを連れて歩くのは無理があるな……ええと、ウルドギルドにいけばいいんだっけ？」

「さ、さあ……わたしはどうするかも任せるよ。見世物になることくらい慣れてるし」

「そんなものに慣れるな。というか、俺まで注目されるのはゴメンだ」

さて、どうしたものかと思っていると、門のすぐ近くで待機してくれていたらしいトゥイとメリッサの姿に気がついた。すると、二人も俺に気付いたようで急いで駆け寄ってくる。

「ちょっと！　あんた、今まで何してたのよ!?　帝都はもう大騒ぎなんだから！」

「やはり、リーフ様は凄い方だったんですね。心配してたのが申し訳ないくらいです」

そして、いきなりテンションマックスの状態で詰め寄られる。と、言われても……俺には何が何だかさっぱりだ。

「んー……ああ。ただいま、二人とも」

「～っ！」

「お帰りなさい、リーフ様」

メリッサはもう物も言えないとばかりに髪をかき乱し、トゥイはいつもより嬉しそうな顔で迎えてくれる。と、そこでようやく角を一緒に持ってくれているマリンの手が震えているのが分かった。

見てみれば、また僅かにマリンは顔を俯けてあの気持ち悪い笑みを浮かべようとした。やはり、少し言ったくらいじゃ悪癖は直らないか。

「ああ、この子はマリン。ちょっと色々あって……行き場が無いってんで連れてきちゃったんだけど……」

「ったく、まーたお節介焼いたんでしょ。今度は精霊族ね……ま、何となく察しが付くけど。まさかあんた、女の子ばっか狙って助けてるんじゃないでしょうね？」

「ち、違うって。そりゃ、そっちのがやる気は出るけど……じゃない。本当に偶然に決まってるだろ」

そんな俺の言葉を聞くまでもなく、メリッサは数歩歩いてマリンの前に立った。きっと、俯いてはいても、背が小さいくせに大剣を背負ってるメリッサの事は嫌でも目に入ったことだろう。

「よろしく、マリン。あたしはメリッサ……ま、助けられ仲間よ。ウィンデーネと樹海の中で会えるなんて光栄だわ」

「なか、ま……わたしが？」

マリンはその言葉に反応したようで、パッと顔を上げた。すると、そこには今度はトゥイが真正面からその視線を受け止めて、ニッコリと微笑（ほほえ）んだ。そして、フードを外して自分の顔をよく見せた。

「私はウッドエルフのトゥイです。メリッサを真似するなら、『どうしてこんな所に』仲間ですよ。リーフ様に救われたのも同じです。だから、そう不安そうな顔をしないでください」

「そっか……リーフ君は、凄いんだね」

「はいっ！　私達自慢のリーダーですよ」

明確にリーダーを名乗った記憶は無いんだけどな……まあ、マリンの顔色が明るくなったから良しとするか。俺の説教より、女の子同士でキャッキャしてる方がよっぽど元気は出るだろう。

「ねえ……また、話せるかな？」

「はい、あっ。忘れてました。リーフ様を見つけたらすぐウルドギルド本部に連れてくるよう言われてたんでした。あれ……ウルドで合ってましたよね？」

「そうよ。そのために門で張ってたんじゃない。ま、そのデカい角を見れば予想は付くけど……ウルドギルドマスターから大事な話があるそうよ。早く行って来なさい。ウルドギルドの本部はこっちの裏道を進めばちょうど裏門に出られるわ」

　まあ、俺も帝都に住んでそこそこだし、流石に道くらいは分かる。しかし、ギルドマスター直々か……良い予感はしないなあ。

「あの……どうして、リーフ君が？　フリーだからって……」

「そりゃ、俺は無許可で勝手に魔物を討伐したからな。叱られるんだろ。あいつ結構強かったし、金級辺りの冒険者に相手させたかったんじゃないか？　心配すんな、ゴメンつったら済む話だよ」

「……じゃあ、角を一人で持たせるわけにもいかないし、一緒に行くよ。そもそも、アレを連れてきたのはわたしなんだから……ケジメは付けないとね」

　そう言うマリンがまた気になってチラリと振り返るが、不思議な事にもう彼女は暗い顔をしていなかった。それどころか、どこか吹っ切れたような空気も感じる。

　これなら……問題無いか。決してやましいことはしていないという事実確認を取るには、当人から話してもらった方が早いしな。

「じゃ、行くか。俺も奴隷の解放後の何だかんだとか知らないし」

「よ、よくそんな適当な感じでわたしを支配したね!?　もう、やっぱりリーフ君一人じゃ不安……わたしの身のためにも」

　そうして俺達は引き続き角を持ち運びながら狭い裏道を歩いて行った。すると、風に乗ってトゥイ達の話し声が聞こえた気がした。

「……リーフ様が、――支配？」

「……奴隷ですって？　――ご主人様？」

だが、その内容はよく聞き取れなかった。

◇

ウルドギルド。帝都屈指の実績主義の冒険者ギルド。そこは俺から最も遠い場所だと思っていた。俺に、実績と呼べるようなものは何も無かったから。得られるかもしれないチャンスさえ、もらえなかったから。

「楽にしていい、かけてくれ」

どこかの誰かと違い、感じの良い受付嬢に裏口から案内されて誰にも見られないようマスター室へ入ると、歴戦の猛者（もさ）を思わせるガタイのおじさん……ウルドギルドマスターが座っていた。

先にマリンがぺこりと頭を下げる。その優雅な仕草は、さすが精霊族だ。

「失礼します。わたし如きが高貴の前に姿を出すご無礼をお許しください」

「……あっ。し、失礼します。ええと……あの、申し訳ありません。俺、こういう場にはあまり慣れてなくて……無礼な態度を取ったらすみません」

やべえ、マジで分からん。お偉いさん相手の言葉遣いなんて、誰も教えてくれなかった。しかし、ウルドギルドマスターは真に寛大であるらしく、すぐに親しみやすい笑みを浮かべて言った。

「ははは、冒険者にそんなものは期待していないよ。この樹海の中にいる間は僕も君も同じ旅路にいる仲間だろう。もちろん公の場に出る時には気をつけねばならんが、今回は密談だ。気にするんじゃない」

「はい……それでは、俺の知る限りの礼儀で接します。それで、大事な話というのは……？」

その時、ガチャリと部屋の奥のドアが開いた。そこから現れたのはくせのある金髪を上品に巻いたダンディと表現すべき紳士の姿が……って、待て。あれってもしかして……！

「来たか、君がリーフという冒険者だな？」

「は、はいっ！　その通りです……ゼウス殿下」

その方は……この帝都でも桁違いの冒険者を抱える最大手ゼウスギルドのマスターにして、現帝国の皇帝の子息だ。陛下が年を取ってからは、ゼウス殿下が実質帝国を回していると言っても過言ではない。

だが、王城でもないのにどうしてこんな方が……!?

「ワタシもこいつと同じ意見だ。英雄に礼儀など必要無い。弱肉強食の樹海では強き者は誰よりも敬われなければならない。もちろん、ワタシが今の君より弱いなどと言うつもりはないがね。まあいい。今回のお話は非常にシンプルだ。堅苦しい事はすっ飛ばして話を進めよう」

「そんな威圧感を発しながら口にする言葉じゃないだろう。見ろ、可憐（かれん）なウィンデーネのお嬢様が怯えている」

言われて、ハッとして隣に視線を向けた。そこには脂汗を流し必死に正気を保っているような様のマリンが、ぎゅっと奥歯を噛みしめて、それでも震えていた。

「ああ、失礼。最近は強者としか話す機会が無かったものでね……」

そう言ってゼウス殿下が深呼吸すると、確かに登場時よりは圧がマシになった気がする。しかし、『威圧感』でこんなことも出来るのか……覚えておこう。

そんな暢気な思考をしている俺を見て、ゼウス殿下はふっと笑った。

「ワタシの圧にも耐えきるか。これは嬉しい誤算だな。『無能のリーフ』がどんな修羅場をくぐり抜ければそんな耐性が付くものかも聞いてみたいが……いや、申し訳ない。話を進めよう」

「そうそう。僕達の話というのは他でもない……リーフ君」

この二人から叱られるのか……俺の冒険者生活、いや人生終わったか……？

だが、彼らが発したのは予想の遥か彼方の言葉だった。

「聞いたところによると、君は今ディアナギルドを辞めてフリーらしいね。それなら、我がウルドギルドに来ないか？　僕は今回の討伐実績で、全ての試験をパスさせて正式加入させるつもりだ」

「いや、ゼウスギルドに来い。Xランクの魔物を討伐できる者はゼウスギルドにも少なからず居る。今は遠征ばかりで帝都には居ないが……だからこそ、君が欲しい。冒険者とは、力量の高い者同士で組むのが一番だろう。それなら、人材も豊富なウチに来るべきだ」

俺は彼らの言葉をゆっくりと飲み込んで……あまりに無礼な態度が、だが素直な感想が出てきた。

「……は？」

帝都の二巨頭とも言えるギルドから勧誘……？　一体、何がどうなってるんだ――？

第十九話　俺が望むのは

「いえ、あの……俺なんかがウルドギルドやゼウスギルドになんて……どういうことですか？」

「ああ、悪いね。気持ちがはやってしまった。順序立てて説明しよう。といっても、本当に簡単な話でね……君は先ほど、帝都の西に発生した魔物を単独で討伐した。それは間違いないね？」

「はい……あの、やはりマズかったでしょうか。フリーの身で他の冒険者の手柄を盗るような真似……」

冒険者が多い街では、資源の奪い合いとなることがよくある。だから、ギルドごとに依頼を分けて戦果を分散させるのだ。

だから、それを独り占めした件について責められるものだとばかり思っていた。

しかし、ウルドギルドマスターはおおらかに笑う。そして、話を続けた。

「いや、君が討伐した魔物は脅威度Xランクの魔物でね。正直、今帝都にいる冒険者達では対処できない可能性があった。ゼウスギルドによって避難勧告も出されていたほどだ。君はそれを知ってか知らずか、単身で鬼神に挑んだんだ。それだけでは蛮勇だと、君を見たゼウスギルドの斥候(せっこう)は言っていた。だが……ついには本当に討伐してしまった」

「え、Xランク!?　あ、あれが――」

「不用意な謙遜は、戦った相手を貶めることになるよ？」

とっさに「まさかXランクとは思わなかった」と言おうとして、鬼神との戦いを思い出す。確かに、『災害』の力がなければ瞬殺されていただろうし、それを以てしても手強い相手だった。

二度目があるとして、また勝てるかと言われると難しい。そう思い直して、言葉を選んだ。

「強い、魔物でした。意思というより自我を持った奴で、敢えて俺に合わせて戦ってくれて、それでようやくまともな勝負に持ち込めたくらいです」

「うん。それは確かなようだねえ……この時点で、君には帝都を救った英雄という立場を受け入れてもらわなければならない。問題は、今はフリーとはいえ『無能のリーフ』という蔑称が付いている事だ。今は降って湧いた脅威とそれを制した英雄でも、やがて腐す連中は出てくる。そして君に因縁を付けるだろう。いちいちケンカしていては生活や周囲の人間にも影響が出る。ここまでは分かるかい？」

俺はその展開がまさに目に浮かんで、こくりと頷いた。例えば『金獅子』の連中に獲物を盗られたと、またデミの酒場で騒ぎを起こすような事態だ。それは非常に、めんどくさい。

「だから、君を正式に讃えるには後ろ盾が必要だ。強大かつ、すぐに君を受け入れられる冒険者ギルドがね。フリーのままでは絶対に潰される。そこで候補に挙がったのが、ウルドギルドとゼウスギルドというわけさ。もちろん、そういった小難しい事は無しでも僕は君が欲しいがね」

「我がゼウスギルドとしても同じことだ。突然手にした絶大な威力のスキルは、扱い損ねれば多くの人間を不幸にする。実績で全てを語るウルドギルドでも構わんが、ゼウスギルドにはおそらく君より強い者が多く所属している。決して損はさせんぞ」

俺は両者の話を聞いて……考え込んだ。そのくらいの時間は二人も許してくれるようだ。そりゃそうだろ。一生モノの話だ、これは。帝都でも実力者揃いのウルドギルド。国内最大手のゼウスギルド。そのどちらかを選ぶなんて贅沢、きっとこの先も無い。

理屈だけで言うならゼウスギルドだ。質の良い依頼が毎日大量に回ってきて銅級から白金級まで幅広い人材を持ち、つまりは相性の良い仲間にも恵まれやすい。

それでいて、皇族直属の部隊という一面さえ持っている。ゼウスギルドで活躍すれば、どれだけ出世できるか分からない。

一方、ウルドギルドはもちろん憧れの対象だ。だが見込みの無い冒険者は加入させず、何かしらの実績を持った者だけで構成される。つまり、ゼウスギルドに比べれば少数精鋭の面がある。

そして、その加入難度は帝国に数多(あまた)ある冒険者ギルドでも最難関だと聞く。

「…………俺には、もう仲間になろうって言ってくれてる奴らがいるんです」

「知っているよ。メリッサ君だろう？　だが、彼女もウルドギルドの所属だ。特定のパーティにも属していない。それならウルドギルドで決まりじゃないか！」

「いえ、もう一人……俺を導いてくれた奴がいるんです。今の彼女には戦闘技術も地図師経験もありません。俺が期待しているのは、『これから』です。しかし、ウルドギルドでは『今まで』が評価されるのでしょう？　そして、ゼウスギルドが欲しいのは俺だけで、ゼウスギルド内でパーティを作ろうって、そういう話ですよね？」

俺の言葉に、二人は頷く。やはり、そういう条件なら……俺は、どちらも選べない。だけど、そんな選択をしたら余計にあいつらに迷惑をかけることくらい分かってる。だから、選ぶしかない。

「しかし、君ほどの実績の持ち主なら、特例を作る事も考えているよ。言っただろう、試験はパスさせると」

「ゼウスギルドでは……それは難しいな。何しろ、帝国一の大手ギルドだ。僅かな歯車のズレが全体を阻害することは許されない」

もっともな話だ。そこで俺は、思い切って拳を握りしめて提案した。

「いいえ、特例というものはできる限り作るものじゃありません。なので……俺個人の試験を通すんじゃなくて、俺達のパーティの試験を改めて新人として受けさせてはもらえませんか？　冒険者は本来、単独で動くべきものじゃありません。同じパーティにいることで、様々な相乗効果が見られると思っています。俺は絶対に、彼女たちと旅をしたいんです。もしお眼鏡に適わなかったなら、不合格にしてもらって結構です」

トゥイだけは、見限れない。だって、彼女は俺が連れ出したのだ。同じ夢を分かち合い、一緒に来ると言ってくれたのだ。その思いにだけは、応えなければならないだろう。それが筋というものだ。

「それは……ウッドエルフの少女の事だね？」

「えっ、あ……はい。ご存じだったのですか？」

「いいや、今君に『教えて』もらったんだ。はっはっは、いいじゃないか。いや、申し訳ない。僕は君を見くびっていたようだ。ウルドギルドに無条件で入れると言えばホイホイ付いてくるものだと思っていた。謝罪しよう、君は立派な冒険者だ」

ギルドマスターは自分の提案を蹴られたというのに、妙に嬉しそうな笑顔で何度も頷いていた。

するど、ゼウス殿下はふっ、と吐息を漏らすように笑った。

「なるほど、ウルドギルドで決まりのようだな。こいつが何を『見た』のかは知らんが、すっかり気に入ってしまっている。はっ、まさかワタシがフラれるとはな……試験に落ちるとは思わんが、万が一ダメだったらゼウスギルドに来い。最下級冒険者から始めさせてやる。どうせお前はどこかでも、いずれ頂点に手を伸ばすだろう。ではな……今日は色々と楽しかったぞ、リーフ」

そう言い、ゼウス殿下は部屋から去って行った。大丈夫だろうか、断って不敬罪にされるとは思わないけど……いざとなれば何でもできる立場だよな。

「あの、良かったんでしょうか？」

「問題無いよ。決定権は君にあるんだからね。それじゃ、改めて自己紹介しよう。僕はウルドギルドのギルドマスターを務めるスコッチだ。しかし、そうなると一つ問題があってね……冒険者パーティは三人以上でしか組めないんだ。もちろん、既に所属しているメリッサ君は参加させるわけにはいかない。君も、規則を破りたくはないんだろう？」

「はい、そういうことなら……三人目をどうにかして――」

と、言いかけた時だった。すっ、と挙手する腕が見える。見てみれば、それはマリンの腕だった。

「あのっ、それ……わたしも受けさせてもらえますか？」

「ん、ウィンデーネの嬢ちゃん……マリン、だったか。構わんが、そうなるとずっとリーフ君のパーティに居てもらう事になるよ？　一応、君を故郷に帰す作戦も相談中なんだが……」

「わたし、この国に罪滅ぼしがしたいんです。わたしが逃げたせいで、崩れてしまった国の人達にできる限りの支援をしないと……海になんて帰れません。それに今、わたしのご主人様はリーフ君だから……彼と一緒なら、もっと沢山稼げるかなって……」

予想外の方向へ進み始めた話に、慌てて割り込む。今回の一件で、マリンはあくまで被害者なのだから。

「いや、マリンは悪くない。それに、俺はマリンをすぐに解放するつもりだし――」

「じゃあ今、そうして？　わたし、しばらく考えてて分かったけど……あの『隷属の鎖』を上書きしちゃうくらい強い繋がりを絶つ方法なんて、思いつかないんだけど？」

「ん、あ……だから、それは……」

言われて、気付く。そういえば、俺にできたのは支配する事だけだ。しかも、解除ができたかもしれない『支配』のスキルは消えてしまった。

「なるほど、なるほどね……リーフ君、それは確かに無理なようだ。今、君にマリン君を解放する手段なんてないよ」

「なっ――ど、どうしてそんな事を？」

「分かるんだよ、僕にはね。まあ、乗り気ならいいじゃないか。精霊族が直に使う魔法には目を見張るものがあるよ。だけど……魔導王国の事なら大丈夫だ。マリン君は確かに何も悪くないし、後は僕達の領分だよ。向こうさんは途中でウィンデーネが喰われたと思っているようだしね。周辺諸国は残念だったが……そこまで言うなら、報酬を受け取れるようになったら一部を復興支援に充(あ)てさせよう。それでいいかい？」

本当に……この人には、何がどこまで見えてるのだろう。だが、これで外堀は埋まった……後は、俺の決断だけか。

「リーフ君……ダメ、かな？」

だから、そんな潤んだ瞳で見つめないでほしい。

「……分かったよ。乗りかかった船、毒を食らわば皿までって奴だな。マリンの面倒は俺が見るし、その代わりマリンには精霊族の魔法で役立ってもらおう。悪いけど、俺は使えるものは使う人間だ。奴隷だった頃より働かせるからな。それと、まあ……これは心配してないけど、他のパーティメンバーと上手くいかなかったらそこまでだからな」

「――うんっ！　ありがとう、リーフ君。これからよろしくね？」

しかし、実際問題……精霊族を大っぴらに街で住まわせたりできるものなのか？　彼女らは存在が希少すぎて実例もないと思うが……。

そんな不安をスコッチさんに伝えると、しばし考え込んだ後、「そうだ！」と手を打った。

「リーフ君、君はウッドエルフの里を知っているんだろう？　実は、帝都における人権ってものは訪れた人種に応じて何度も入れ替えられてきたんだ。他の誰よりも樹海を知っているウッドエルフの裁量によってね」

そうだったのか。あの爺さん、そんな権限持ってたのか……知らなかった。

「不安なら彼を頼るといい。精霊族に人権を与えてしまえば、奴隷云々はともかくとしてウィンデーネが陸地で生活できるようにしてくれるはずだよ。もちろん、ウルドギルドからの使者を出そう。その辺りの手続きも踏まえて、試験は三ヶ月後。それまでじっくり準備しておくといい。君の望み通り、手心は一切加えないから、出来ることはやっておくんだね」

こうして……俺達のウルドギルド入団試験は始まったのだった。俺もスキルをまともに使いこなせていないし、むしろ準備期間は助かる。しかし、失敗は許されない。ここまで特別扱いを受けておきながら、ダメでしたじゃ虚(むな)しすぎるからな。

第二十話　内なる声

「あ～！　緊張した！」

ウルドギルドを出て、まずはその空気の美味しさに感動した。この帝都におけるツートップを相手に緊張するなという方が無理な話だ。しかも、自分のこの先を大きく分ける選択をしたばかり。

そんな俺を見て、マリンが頬に手を当ててクスクスと笑う。

「ふふっ。それにしては堂々としてたじゃない。ね、ご主人様？」

「誰かに聞かれたらマズイからその呼び方はやめてくれ……俺に奴隷趣味はない。お前はもう俺の仲間なんだから、みっともねえ真似すんな」

「仲間、かあ……あの子達も、そう呼んでくれたね。だから、わたしはリーフ君のパーティに入る事に決めたんだよ。贖罪(しょくざい)の気持ちもあるけど……すごく、素敵な関係だったから、わたしも中に入りたいなって思ってね」

そうか、そういえば……マリンも仲間が居なかったんだったか。どうして俺があの時あんなに心がざわついたのか、その答えが明確に分かった気がした。

　すると、今度はギルドの前で待っててくれたのか……トゥイとメリッサが近づいてきた。それも、ニマニマとした笑みを浮かべて。

「リーフ様、お疲れ様です。いかがでしたか、ゼウス殿下とのご対面は？」

「言っとくけど、黙ってたのはあたし発案じゃないわよ。トゥイがちょっと驚かしてやろうってね」

「だって、リーフ様ってばいつもいつも私達をビックリさせるんですもの。少しくらい悪戯しないとやってられませんよ。ふふ」

　ああ、思い出した。そういえばトゥイは元々こういう奴だった。何だかどっと力が抜けて思わず笑みが零れた。

「じゃあ、まあ……細かい部分は省くけど、ウルドギルドに入ることにしたよ。トゥイとこのマリンで試験を受けることになった」

「あれ、試験はパスさせてくれなかったの？　これ以上ないはずの実績だったと思うけれど……」

「俺から頼んだんだよ。っていうのも――」

　俺は議論の流れをかいつまみながら二人に話した。ついでに、これからマリンも一緒に行動する事も。

　それを聞いて、メリッサは「あんたらしいわね、せっかくのチャンスを……」と呆れ、トゥイはまさか自分まで巻き込まれてるとは思っていなかったようで目をぱちくりとさせていた。

「わ、私も冒険者になれるんですか？　でも……お二人みたいな力、ありませんよ？」

「どうせ一緒にやっていくならその方が良いんだよ。報酬も三人分もらうより四人分もらった方がいいし、冒険者バッジもなしにパーティにいたらそれこそ奴隷扱いされちまうよ。せっかく期間を設けてもらったし……トゥイにそんな思いをさせるわけにもいかないし、一緒に修行頑張ろうぜ」

俺のスキルは、今のところどれも半端だ。一番完成に近い『蔓龍の皮膚』ですらも、魔力消費の大きさは熟練度が足りない部分が原因だと思っている。

正式にギルドに入る前に、力を高めておくべきだという結論に至るまで、そう時間はかからなかった。

そのままの流れで俺達は大通りに出て、ああしようこうしようと喋りながら歩いていた。すると、いつの間にか妙に人の視線を集めていることに気がつく。


——おい、あいつだよ。Xランクの魔物を単独討伐したっていう……。

——誤報じゃないの？　あんなひょろひょろで……でもゼウス様がそんなミスしないか。

——あの角見たら分かるだろ。ありゃ、確かにSランクも越える素材だよ。うちの鍛冶屋に持ち込んでくれりゃあなあ……。

——何にしろ、すげえ奴だよ。なーにが『無能のリーフ』だ。あんなすげえのを馬鹿にしてた奴こそ馬鹿だろ。

――あんな人形より可愛い子に『剣神』に水精霊族(ウインデーネ)連れてよ……ちくしょー、羨ましいぜ！

「あんた、しばらくは大変よ。帝都じゃすっかり時の人なんだから」

「あんまり目立つのは好きじゃないんだけどな……噂されるのには慣れてるけど、この視線は何というか……むず痒くて仕方ねえよ」

「胸を張りなさい。今なら、これを持ってても文句は言われないでしょ？」

そう言って、メリッサは見覚えのある牙を鞄から取り出して差し出してきた。それはそう、俺とメリッサが出会うきっかけになった初狩の悪魔の……。

思わずじーん、と鼻の奥が熱くなってしまった。確かに、今なら俺はこれを堂々と換金するなり出来るはずだ。そのくらいの自信は付いた。

「……何か、良いな。人に認められるって奴は……俺なんかがこんな空気の中にいるなんて、信じられねえや」

「全部、あんたの功績よ。ただし、金貨一枚は貸しだからね。あんた、あの宴会で全部使っちゃったんでしょ？　そのうち、返してもらうまでは付いていってやるからね」

「あっ、お前……そういう魂胆かよ！」

本当に、些細な事でも笑い合える……俺達なら、どこまでだって行ける。そんな気がした。

「……『無能』風情(ふぜい)が、いい気になってるみてえじゃねえか」

そして、こいつは本当に嫌なタイミングで来る――ビクター達だ。

いつものように人を馬鹿にした目つきで、顎を上げて見下してくる。その背後には四人の仲間が……あのウィレンだけ顎に包帯を巻いて俺と視線を合わせないようにして……並んでいる様は壮観だった。

「皆、下がってな。どうやら俺の客みたいだ」

「こいつら？　リーフを追い詰めた『金獅子』ってのは。ふーん……なるほどね」

「そうだな。でも、もう終わった話だよ」

それを聞いて、ビクターはこめかみに血管を浮かび上がらせながら大口を開けて笑った。

「はっ、クソ雑魚がイキりやがって……身の程ってモンをもう一度体に教えてやるよ。テメエら、やっちまえ！」

その号令で、後方の野次馬の中からざっと二十人ほどの短剣を持った暗殺者（アサシン）が飛び出してきた。

しかし、あんな刃で俺は――。

「お前ら！　トゥイを守れ！」

咄嗟に、そう叫んでいた。それは何故か。ビクターの考えが嫌なほど直感で分かったからだ。こいつ……あくまで俺を孤独にするつもりだ。そのために、仲間を狙った！

「ちっ、こいつら……！　『三の剣・凪』！」

「陸地でもこのくらいはっ！」

メリッサの薙ぎ払いが五人を斬りつけ、マリンの水魔法がまた五人の顔を水球で覆った。一瞬の間によくそれだけ止めてくれた。だが、それでももう十数人――！

「トゥイに手ぇ出すんじゃねええ！」

俺はメリッサほど速くは無い。マリンのような魔法も使えない。だから、持てる力で立ち向かうしかないのだ。その時、咄嗟にさっき見たゼウス殿下の事が頭に浮かんだ。

そこで俺が選んだのは、『威圧感』だった。殺気と言い換えても良い。一瞬でも怯んでくれれば二人がどうにかしてくれるはず……！

だが、その瞬間……今にもトゥイに飛びかかろうとしていた十数人の男達は泡を吹いて倒れてしまった。そのビリビリとした波動は周囲にも伝わったようで、再び俺達を取り囲む輪が広がった。

――い、今のは……ただの殺気、か？

――スキルじゃねえのか？　あり得ねえよ、ただの威圧でこんな……。

――なら、お前も飛びかかってみるか？

――……それだけは、死んでもしたくねえ。あいつの前に、立ち塞がりたくねえよ。

ざわめく野次馬達。だが、一番状況を理解出来ていないのは当の本人だった。あくまで僅かな隙を作ろうとしただけなのに、何だ……？

「チッ、使えねえ……弱い奴から潰せっつったろうがよ」

そう毒を吐くビクターの声に反応している暇もない。しかし、ようやく事態を認識したらしいトゥイは敵意の籠もった視線を送っていた。

こんな事ができるようになったのも……『災害』の力の影響なのか？　だったら、凄まじいにも程があるだろ。

「あ、あああ、あああぁぁ！　いや、嫌だぁ！」

「んだよ、どうしたってんだよ。ウィレン」

「無むむ、無理だ！　聞こえないのか、あの死神の足音が！　あいつ、アイツが……ビ、ビクター様……私には無理だ。みみみ、見ろ……もう、盾も持ってられない。手が、手が震えて……あいつに殴られてから彷徨った闇が……私を……」

しかも、あらゆる上位魔物の威圧を受けてきたであろう盾役のウィレンにさえその衝撃は及んでいるようだ。確かにあの時も『災害』の力を借りて殴ったけど……その程度で死ぬわけじゃないだろ。一体、本当にどうしたってんだ？

その時、いつぶりかの『声』が脳内に響いた。それはそう、蔓龍の心臓を喰った時にも聞こえた……。

——我を引き継いだ貴様に刃向かうのだ。深淵の底まで落としても、まだ足らんとは思わんか？

……そうか。なるほど、なるほど！　全てに納得が出来た。そもそもの話、いかに蔓龍の体を受け継いだとはいえ、スキルにブーストがかかるのはおかしいと思っていた。

なぜならスキルは、『使う』という明確な意思がなければ働かないからだ。ならば、『スキルをブーストするスキル』は誰が使っていた？　という話だ。

「……お前だったのか」

蔓龍は、俺の中で生き続けていたのだ。そして、俺の敵意に応じて力を貸してくれていたのだ。

それならウィレンの件も納得だ。そりゃあ、ただの人間に殴られる恐怖と『災害』そのものに殴られる恐怖の差は計り知れないものだろう。

俺は場が膠着（こうちゃく）しているのを良いことに、フィジの葉をパイプに入れて、深く吸い込んだ。さて、どうしたものか……ああ、そうだな、蔓龍。俺はもう……反撃できるんだよな？

「……言っておいたはずだぜ。俺の仲間に手を出したら容赦しないってな」

だったら、俺も遠慮無くやらせてもらおう。下克上の始まりだ。

「ビビってんじゃねえぞ、ウィレン！　お前が行かないならオレが行くぜ！」

そして、駆け出してきたのは剣士の一人。確か『舞剣』のアレンだ。赤髪のツンツン頭が特徴的で、一番熱心に俺を殴り蹴っていた。

「調子のってんじゃねえぞ……死ねや、『無能』がよお！」

『金獅子』のメンバーは全員が白金級という超エリートだ。性格はどうあれ、冒険においてのスキルは圧倒的に俺を上回る。だからこそ、必殺の上段斬りが俺を見舞った時、視線を逸らす人も多かった。

「なっ——！」

しかし、その剣は俺の人差し指一本で止まった。この『災害』の体に傷を付けられたのは脅威度Xランクの鬼神と、『剣神』のメリッサが僅かに、といった程度。

そう、いわゆるスキル格差は存在するのだ。なら、今俺が磨くべきはより少ない魔力消費で最大限の防御力を発揮すること。

俺は誰より強いわけじゃない。ただ、誰より固くなければいけないのだ。

「……たった一本の指で、剣が止まってるぞ？　いつもみたいに自慢の『舞剣』を披露しなくていいのか？」

「こ、こいつ……！　おい、シェラ！　援護しろ！」

アレン的には太刀傷を作るつもりで振ったのだろうが、傷一つ付かないどころか微動だにしない俺を見て動揺したのだろう。『悪夢』の名を持つ魔導師シェラに助けを求めた。

だが、その時点でこいつの底は知れた。やはり、どいつもこいつも俺を舐めているのだ。『無能のリーフ』に大技を出すような真似は恥ずかしい、とそう思っている。あくまでこいつらは、余裕（よゆう）綽々（しゃくしゃく）で道ばたの石を蹴飛ばすように俺の鼻を折りたかっただけなのだから。

「吹き飛ばせぇっ！　『ナイトメアブラスト』！」

アレンに助けを求められたシェラは慌てて俺の体を突き放そうと風の速度で貫く漆黒の弾丸を飛ばしてくる。が、アレンの剣を掴んでいるのと逆の手で即座に弾いた。

「なっ……わたくしの魔法が!?」

「……お前らの攻撃なんざいくらでも見切れるんだよ。十年以上、ずっと食らってきたんだぞ。俺はいつまでも『無能のリーフ』じゃない。舐めんなよ！」

俺は怒鳴った勢いのまま、力の限りアレンを蹴り飛ばした。その感覚はまるで骨を踏み潰したようなものだった。

「ぐああっ――アあぁ！」

醜い悲鳴に不愉快な気分になりながら、今度はシェラに向かって走り出した。距離はそう遠くない。数秒の間、しかしそれでもシェラの目は俺の動きを追えていなかった。

その速度を乗せて、胸元で抱えてる大層な杖ごと腹を撃ち抜いた。生々しい肉の感触が拳に残る。

「女だろうが……得物を抜いたら平等に敵だからな」

「うぐっ……！」

シェラは嘔吐物をまき散らしながらゴロゴロと地面を転がっていく。その先には、ビクターともう一人……『金獅子』の要、『聖女』のシャリーだ。

「おい、とっとと回復しろ。あんな雑魚に良いようにやられてんじゃねえよ……オレの格まで落ちるだろうが」

「はい、私のビクター。生命を紡げ、『ハイヒール』……待って、何ですかこれは……私のヒールが、効かないですって？」

へえ、『災害』の傷はそうなるのか。シャリーが居ながらにしてウィレンの顎が癒やせていない理由が分かった。そういう理由なら、ここで適度に痛めつけておけばしばらくは動けなくなるわけか。

「こんな、こんな事はありえません……そうだ。分かりました……『洗脳』ですね？　私のビクター、アレが手にしたスキルはきっと、『洗脳』です！　そんな卑怯でも無ければ、『金獅子』があんなのに負けることなんてありえません！　Xランクの魔物だって皆だって……私達は精神を汚染されているんですよ。なんて汚らわしい！」

「……別に何でもいいけどさ。お前らが負けた事には変わりないんじゃないの？」

俺は呆れて反論もせず、ただそう告げた。俺のスキルがたとえ『洗脳』だったとしても、これだけの野次馬の中で倒された事の文句にはならない。

「いいえ！　冒険者ギルド共通条約四十八条『精神汚染スキル』の対人使用は厳禁、です。こんな事をしておいて、冒険者を続けられるとは思わないことですね！」

「……だったらスキル鑑定士でも何でも連れてきな。俺のスキルはそんなもんじゃないから」

「言われなくても……って、私のビクター？」

その中に割って入ってきたのは、妙に真顔になったビクターだった。流石にあれだけ仲間をやられたらムキになるか？

そう思ったが、彼が発したのは非常に冷淡な一言だった。

「テメエ、なんか憑いてんな？」

「……」

「はっ、無視かよ。クソ雑魚のくせに調子に乗りやがって……精神汚染だろうが洗脳だろうが、オレの『覇王』には通じねえ。オレが引導を渡してやる……死ぬまで続くガチンコ勝負だ。まさか逃げねえだろうな？」

「白金級が銅級相手に大人げねえなあ……」

「歩いてて邪魔な石があったら蹴飛ばすだろ。それだけの事だ、無能野郎」

言葉が切れた瞬間、ビクターの姿がブレて消えた。速い——やっぱり、こいつだけは別格だ！

そして、間近に現れた魔力は間違いなく俺に傷を与える——！

「食らえや！『覇王拳』！」

だから、咄嗟にその手を摑めたのは、純粋なる経験則だった。ビクターの戦闘はいくらだって見てきた。二十年近く、見続けてきたんだ。悔しさと憎しみと劣等感と……ほんの少しの、憧れの気持ちを持って。

「——追いついたぞ、ビクター……！」

摑んだ拳から、凄まじい衝撃が俺の体を突き抜ける。が、耐えきれないわけではない。今の一撃は、鬼神のそれより軽い。俺は……もっともっとすげえ奴らと戦ってきたんだ。その全てが今、報われる！

すると、ビクターは一瞬信じられないような顔をして、目を見開き屈辱の表情へと変えた。

「お前が何度かかってこようと、打ちのめしてやるよ。そうして、お前が大好きな格を下げまくってやる。最下級冒険者に負けるような最強として、たった一人になるまで負け続けろ。お前はどうあれ……俺に何度も楯突く仲間がいつまでもいると思うなよ？」

そして俺は、鬼神を消し飛ばしたあの一撃を以てして、ビクターの顔面を思い切り殴り飛ばした。

「ふべぇっ!?」

――ああ、そうだよ。お前がどれだけ凄くても……いつか、こんな風に殴れたらと思ってたよ！

ビクターは固い家の壁に潰れたカエルのように貼り付き、ずるずると落ちていく。意識は……あるかないか、分からない。だが。

「はあっ……俺の、勝ちだ」

その結果は、間違いなく俺の完全勝利だ。

誰もが思っていたはずだ。本当に俺がXランクの魔物を倒したのか。『無能のリーフ』ではなく

なったのか。いつものように『金獅子』にやられてしまうんじゃないか。

俺は、英雄と呼ばれるほど強くなったのか。その答えを今……大衆の面前で示して見せた。


——う、うおおお！　『金獅子』のビクターが負けたぁ!?


野次馬達のテンションは最大限まで上がる。そりゃそうか、『無能のリーフ』がXランクの魔物を討伐してきたその帰りに白金級の冒険者パーティを一網打尽にしたのだ。見世物として、これ以上のものはないだろう。

「やったわね、リーフ！　あんた、やっぱりメチャクチャ強いんじゃないの！」

「うわあー……鬼神の時も思ったけど、リーフ君やば……」

メリッサとマリンも、両手を挙げて俺を褒め称えてくれた。それ自体は嬉しいが……一番褒めて欲しい奴が、いつまでも下を向いて黙りこくったままだった。

そのか弱い少女……トゥイは視線を感じたのか、どうにか面を起こして俺と視線を合わせてくれた。その瞳は僅かに揺れている。

「……あっ。す、すみません。ちょっとボーッとしちゃって……流石です、リーフ様。本当に——いつも、助けられてばかりですね、私」

後半は小声になって聞こえなかったが、何やら心配だ。どうしたのかを尋ねようとして振り向いた瞬間、再び野次馬がどよめいた。見てみると、先ほど殴りつけたばかりのビクターがもう立ち上がっていた。

だが、それでも目はうつろで足取りも危うく、呼吸は激しく血反吐を吐きながらの様相。俺も前まではあんなザマだったんだろうな。

「オレぁまだ……はあ、ハアッ――負けて、ねぇぞ……」

「どんだけ丈夫なんだよ……『覇王』様は」

『災害』の魔力の恐怖を受けても立ち上がる、相変わらずのタフネスに思わず呆れる思いだ。あの鬼神の半身を消し飛ばした技だぞ……そりゃもちろん、あれは鬼神の渾身の一撃の力を借りたから、という点もあるが。もちろんその辺は考慮した。

しかしそれでも、しばらくは立ち上がれないだろうという手応えだったのに……。

「グッ……アァ……」

「やめとけよ、ビクター。お前、折れた骨が内臓に刺さっても知らないぞ」

「クソ雑魚に負けるくらいならぁ……死んだ方が、マシだ……！『覇王の――ッ！」

その時、ビクターの胸にひどく細い矢が刺さるのが見えた。麻酔の毒でも含まれていたのか、ビクターは今度こそ倒れ込んで動かなくなった。民衆の誰も弓なんか持っちゃいない。いや、トゥイは持っているが方向的にあり得ない。どこから飛んできたんだ……？

矢が飛んできた方向を見ると、野次馬の遥か先に一人の老いたウッドエルフが立っていた。あれは……間違いなく、あの里の長老だ。手に持った大型の弓を見るに、放ったのは長老なのだろう。

いや、しかし……あそこからビクターまで五百メートルはあるぞ？　それを……この野次馬の中、寸分違わず狙ったってのか？　弓矢なんて五十メートル先に命中すればいい程度の武器のはずなのに……。

そして、何の移動術か分からないが、一瞬で俺達の近くまで飛んできた長老は声高々に告げた。

「そこまでじゃ。冒険者同士の殺し合いは禁忌……白金級ともなって、それを忘れるとはのう。どれだけリーフ殿が恐ろしかったのやら……」

そんな呆れた声を出しながら、長老は俺達の前に来てニッコリと笑った。

「言ったじゃろう、近く会えるとな。トゥイ、それにリーフ殿」

「はあ、あんたって人は……詳しく聞かせてもらえるんだろうな」

「うむ、もちろんじゃ。とはいえ、ここじゃ人目に付くからのう……百年ぶりに、帝都の酒でも飲める場所に連れてってはくれんかの？」

全く、本当に……この人だけは、読めない爺さんだ。神出鬼没にも程がある。

「それじゃ、俺の行きつけの酒場に……」

そう言いながら、長老を案内しようとしていた時だった。人混みをかき分けるように見覚えのある顔が走ってきた。

茶色の巻き毛に見たこともないような満面の笑み。元担当受付嬢のレリーだった。

「す……すごいじゃないすか、リーフさん！　これでもうあなたの実力を疑う者はいません。すぐにディアナギルドで特別待遇を受けられますよ。これからの期待のエースですね！」

……。何を、何を言われているのか。一瞬分からなかった。脳裏にディアナギルドでの思い出が色々とよぎっていくが……楽しかった事なんて、一度も無かった。

「……もう冒険者バッジは返したと思ったけどな。俺の勘違いだったか？」

「ええ、銅級だったものを金級まで上げる手続きをしてきましたよ！　そのために一時的に預かっておいた……そうですよね？」

「なぁるほど。そうきたか……どうしたもんかね」

その言葉に、レリーはパッと目を輝かせる。もしかして、俺が迷っているとでも思ったのだろうか。俺は本当に、心の底から呆れているだけなのだけど。

「ディアナギルドマスターにも掛け合ってみますよ。もしかしたら一気に白金級まで上がれるかも……帝都一の出世頭になれます。依頼だって実入りの多いものを選びたい放題です！」

「残念だけど……俺はもう、ウルドギルドへの移籍を決めたんだ。いきなり金級なんてつまんねえ真似はしない。ちゃんと俺を見てくれるギルドで、やり直すんだよ」

「そんな！　あまりにもったいないですよ。ディアナギルドでなら仲間もよりどりみどり、あんな雑魚っぽいのを連れ歩く必要もないんですよ？　あのフードの子なんか、何も出来てなかったじゃな――」

そこから先は言わせまいと、俺は全力の拳をレリーの目前で寸止めした。それに伴う風圧が、彼女の表情を青くする。

「俺はもう、最高のパーティを築いているんだよ。悪く言うなら、その粉まみれの顔面を潰すぞ」

「わ、わわ……分かりました。それなら、あの子達も含めて白金級まで……」

「大体お前、『金獅子』信者だろうが。それが、ただ一度負けただけで見捨てるのか？　そんなギルド……改めて願い下げだね。冒険者がどうなっても、ギルドだけは味方でいなきゃダメだろ。俺はお前らの、そういう所が大嫌いなんだよ」

ディアナギルドは手柄しか見ない。しかしそれは、ウルドギルドの実績主義とは大きく違う。自分達にとって都合が良いか悪いか、それだけだ。

「レリー、俺は君に一つだけ感謝してるんだ。すっぱりディアナギルドを辞めさせてくれた事に関してだけ、な。だから、一応言葉を交わしてやってるんだよ。出来る事なら、もう二度と顔も見たくないんだぜ？」

「そ、それじゃ困るんすよ……あなたを連れ戻さないと、アタシの首が……！」

何だ、結局は保身のためか……本当に、どこまでもこいつはこいつなんだな。もはや、長く接してきた事への義理さえ感じない。

「そ、そうだ！　何なら、秘密の接客だってしてあげますよ。二人きりでたっぷり、ベッドで……ねっ!?」

「……俺に何のメリットがあるってんだよ。俺は可愛い女の子と酒を飲むのは好きだけど、それならもう間に合ってんだよ」

俺はそう言いながら、背後を指さす。人形のように整った顔のトゥイ、幼さを残しながら愛らしい姿のメリッサ、おっとりしつつも雅さを醸し出すマリン。俺はこいつらと一緒に冒険できるんだ。女として囲うつもりはない。もっと上の繋がり……絆みたいなものを紡いでいけると信じている。だから今更、娼館の真似事をされても困る。

これにはさすがに女としてのプライドはあったのか、レリーは顔を真っ赤にして目つきを鋭くした。

「あんたねえっ……こっちが下手に出てりゃ……！」

「ちょっと良いかのう、お嬢さん」

いよいよ摑みかかろうとしたレリーを止めたのは、何と長老だった。レリーは「何よっ！」と視線を送って、またビクリと体を震わせた。

「先ほど、弱そうなの……とか言っていたがのう、あの子は儂の孫も同然なんじゃよ。それに、リーフ殿はウッドエルフの大恩人でもある。その両者を侮辱するという事は……ディアナギルドは、ウッドエルフ一族にケンカを売ったと捉えられるが、構わんか？」

「ひっ!?　そ、そんな……そんな事はありません！　『樹海の叡智』に楯突くつもりなんて微塵も……」

「では、言葉には気をつけることじゃのう。自分のせいでギルドが一つ潰れた、なんて事にはなりたくなかろう？　儂も、温厚で寛大な長を目指しておるでの。あまり野蛮な事はしたくないんじゃよ。分かったら、いい加減儂らを早う離してくれんか？　これから、大事な話があるんじゃよ」

長老は「歳を取ると足腰が弱くなっていかんわい」と周囲に笑みをもたらし、緊迫しかけていた空気を和らげた。レリーもそれ以上何も言えなくなったようで、だっ、と駆け出していった。

「助かったよ、長老」

「儂は何もしとらんよ。当然のことを言ったまでの……それに、早く酒を飲みたいのは本音じゃし。さて、参ろうぞ」

そう言って歩き出す長老の……その腕をガッと摑む影があった。それは、トゥイだった。一体どうしたのか……と思う間もなく、涙が入り交じったような声を出した。

「おじいちゃん……弓を、私に教えてくださいっ……！」

「……何を言う。お主はもう十分に弓を使えるじゃろう。ウッドエルフは皆博士であり戦士。お主もそのはずじゃ」

「いいえ……私は、何も出来なかったんです。あの男は、一番弱そうだからと私を狙いました。だけど、私は情けなくもその通りで……反応すら、できなくて……メリッサとマリンが居なきゃどうなってたか……私は、リーフ様の力になるために里を出たんです。なのに、足を引っ張るなんて絶対に嫌なんですっ……！」

俺はトゥイに、何も言えないでいた。確かに、戦闘というごく一面を見るならトゥイは心許ない。だが、それは俺が荒事ばかり持ってくるからだ。樹海の冒険において、戦闘というのは専門職の仕事であり、トゥイの価値を発揮するタイミングが少なかった……。

だけど、それがトゥイを追い詰めていたなんて、思わなかった。こんなザマでリーダーなんて、笑わせる。

俺が何もできないうちに、長老はトゥイの頭に手を置いて優しく語りかけた。

「強くなりたいか？」

「このままじゃ、いられません。私……悔しいです！　私も、私だって、皆と並べるよう強くなりたいっ……！」

「……では、この弓をお主に預けよう。代々、ウッドエルフの長が持つ特別な弓じゃ。名を『千里眼の強弓』。その名の通り、千里先に居る魔物を射貫くことができる弓じゃ。相応の修行は必要となるがの……これを使う気があるか？」

「えっ、でも……そんな、大事なものを……」

トゥイも流石にうろたえるが、長老はもうすっかりその気でいるようだ。自分の持っていた弓を……よく見れば魔文字がびっしりと刻まれている……トゥイに手渡し、これ以上無いほどの笑みを浮かべて笑った。

「わはは。そうじゃ。それを持つということは、もう負けることは許されんということじゃ。まさか、そんな面汚しのような真似を……リーフ殿がさせるわけがなかろう。のう？」

「……はは。そうプレッシャーをかけないでくれよ。でも、そこまでしてくれるなら確かに俺はもう負けるわけにはいかないな。何より、遠距離からの狙撃が期待できるなら、いくらでも役立ってくれる。でも、いいのか？　索敵に導きに狙撃……その全てをトゥイに任せることになるんだぞ？」

　それは本来なら、一人一つ。三人で請け負うような仕事だ。

　トゥイは一度深呼吸して……いつになく強い目で俺を見返し、強く頷いた。

「お任せください。このパーティの支援役、このトゥイが見事こなしてみせます」

　もうその瞳に弱気は無く、むしろ青い炎を思わせる決意が漲（みなぎ）っていた。これなら……俺達の背中だって任せられるだろう。

「改めて色々と話すことが出来たな。それじゃ……今日はぱーっと飲む事にしようか！　話はそれからだ。勝利の後はやっぱ飲まないと始まらねえってな！」

　俺達はそうして、再びデミの酒場へ向かうのだった。今度こそ、店につくまで邪魔するものは何もなかった。

第二十一話　呪われた素材

「じゃあ、乾杯！」

今日は長老もいるので、デミの酒場の一階にあるメインの酒場ではなく二階にある俺の部屋でジョッキをぶつけ合った。一人で住むには広いと思っていたけど、五人でいると流石に狭いな。

「いやー、スカッとしたわね。今まで散々な目に遭わされた奴ら相手にあんな大立ち回り、あんたも気持ちよかったでしょ？」

「その辺の事情はよく分かんないけど……リーフ君すごかったねー。あの子達、帝都で一番強い冒険者達なんでしょ？」

場酔いの魔香のせいか、メリッサのテンションは上々だった。そして、マリンは普通に体が成長しきっているためにお酒を飲んでいる。こんな美人さんと酒を飲むなんて、冒険者の憧れの一つでもある。一階にいる連中が悔しがる様を見て優越感が無いかと言えば嘘になるな。

「あのパーティ……『金獅子』はディアナギルドが調子に乗って神輿を担いでただけだよ。一応、冒険者の規約として成し遂げなきゃならない偉業はあるけど、白金級に関してはそれぞれのギルドの格付に依るんだ。ゼウスギルドの白金級なんかは、『金獅子』よりよっぽど強いって聞くよ。まあ、ビクターを除いてだけどな」

俺はそのビクターだって十分打ち倒せるようになった。あいつがこれからどうするのかは知らないけど、俺としては大満足な結果だ。ビクターの弱さは敗北を知らないことだった。今日初めて敗北を経験して……さらに強くなって戻ってきたらどうなることか。

色々と不安があるが、だからこそ俺は大きく笑い、ジョッキの中にある蒸留酒をぐいっと飲んだ。

「まあ、気分は良いね。何しろ二十年分の鬱憤を晴らせたんだ。だけど、忘れちゃいないだろうな。俺が目指してるのは世界一の冒険者だ。すなわち、伝説の世界樹までたどり着く事。お前ら、大変な奴に付いてきたもんだぜ。もう抜けたいっつっても遅いからな」

俺が冗談めかしてそう言うと、メリッサとマリンの二人はニコニコしながら「えー？」なんて声を合わせて笑っていた。

そして代わりに、トゥイが鼻息をふーん、と荒くして弦を外した弓を抱えて身を乗り出す。

「私、絶対にリーフ様の力になりますからね！　見ててください、もう弱いなんて誰にも言わせないようになるまで強くなりますから！」

「ああ……トゥイには一番期待してるよ。でも……はは、剣術に魔法に遠距離まで仲間にこなされちゃ、俺はどうすりゃいいんだろうな」

「リーフ様のお好きなようにされたらいいですよ。少なくとも私は、そうしたくて貴方に付いてきてるんですから」

好きにする、か……。それなら、俺はどんな苦境に遭っても一人になっても戦える武器が欲しい。それでいて今のパーティでもリーダーとして相応しい活躍ができるような……俺だけにしかできない事を実現させてくれる、そんな夢の武器がいい。

「……俺はやっぱり、まだ未熟だ。スキルを使いこなすこと……まずはそれが第一だと思うんだ」

「ふぉっふぉっふぉ。そうじゃのう、リーフ殿。それに、いつまでも素手で戦っていては身が保たんぞい？」

なら俺は……どんな強敵でも一撃で仕留められるようなものを選ぼうと思う。タイマンに持ち込めたら絶対に打ち負けないような、そんな強さを目指そう。

「いいじゃない。そこまでに邪魔してくる奴は全部たたっ切ってやるわ」

「わたしもいるしね。リーフ君の戦いは邪魔させないよ」

本当に、心強い。今日は本当に夢でも見ているみたいだ。良いことばかりが起きすぎて……明日死んでも、文句は言えない。

その時、部屋のドアを開けながら獣耳をぴょこっとさせて、カルアがよく通る声で乱入してきた。

「リー君、ロロの手がやっと空いたよー！」

「久しぶり……リーフ……さん」

彼女と一緒に入ってきたのは、ノーム族のロロだった。メリッサより小さいくらいの体格で、緑の髪の横に人間と同じ位置に耳が生えているが形が丸い。顔自体も小さく、だが人間の子供とも違う雰囲気がある。

ロロもこのデミの酒場の一員で、俺とも古い付き合いだ。かつては精霊族に名を連ねていたらしいが、今はワンランク下の種族と見られているらしい。

そして俺がロロを呼んだのは……彼女が腕も確かな鍛冶師だからだ。そんな奴がどうして給仕もしているのか、と以前聞いたことがあるが、「趣味……」とだけ返されてしまった。

元々ここは、仲間を作りづらい亜人が集うような場所だったらしいしな。

「おお、来てくれたか。悪いな、忙しい中……ちょっと急ぎの用があってさ」

「いえ……リーフさんのためなら……ロロからの、ご褒美です」

俺は立ち上がって彼女を迎えると、部屋の奥に置かれた鬼神の角の前まで連れて行った。これを金にするのもいいが、それより今必要なもの……俺の武器製作に使えないかと思って持って帰ってきたのだ。俺にはリーチがあまりに足りないからな。

「……なるほど。凄まじい……ですね」

鬼神の角を見たロロは、ただ一言そう呟いた。そして、相変わらずマイペースに解説を続ける。

いつしか、場の注目はロロに移っていた。

「しかし……惜しい。スキルが秘められていますが……『吸収』です。これだけ大きな素材から武器を作る……それは構いませんが、スキルは……斬った相手からじゃなくて、ただ持ち主からエネルギーを奪う、だけ」

「まるで呪いだな。スキルが秘められてる素材って……そんなものがあるのか？」

少なくとも、俺は初めて聞いた。周囲を見回すが、やはり皆知らないようだ。しかし、そこでグラスを傾けていた長老が口を出す。

「稀にあるぞい。例えば、トゥイにやった『千里眼の強弓』はその名の通り、『千里眼』というスキルが備わった樹から作ったからのう。『樹の魂』だって突き詰めれば樹海の素材じゃろう。それから人間がスキルを得るのと同じ原理じゃよ」

「なるほど……素材に備わってるって事は、俺自身に移せるわけじゃないんだろ？」

まあ、直に肉塊から力を吸収したい願望もないが。すると、想定通り長老は首を左右に振った。

「元は魔物が持っておったスキルでも、今はもうその角のものじゃ。例えば『巨大化』というスキルがあっても……あまり意味はないのう。そっちの嬢ちゃんの持ってる大剣の方がよっぽど良質じゃ」

「んっ。ま、まあこの剣も一応宝具だしね」

メリッサは剣を褒められて嬉しかったのか、無い胸を張って威張っていた。

しかし、なるほど。そんな事もできるのか……鍛冶って奴は奥が深いな。

「そうだ！　とりあえず片手剣を作ってくれ。それで……できるだけ『吸収』した力を応用できるようにして欲しい。剣術のスキルもいつかは手に入れられるかもしれないしな……」

「ん……それが、いい。スキル無しでも……この角は、一級品。いくらでも……加工できる」

とりあえず、そういう方向で話は決まった。料金については……「今のリーフなら稼げる」と断言されてしまったために、どう足掻いても稼ぐしかなくなってしまったが。

「ねえねえ、ロロちゃん。話が終わったならわたし達と飲もうよー」

「リーフ様の過去、興味あります！」

「ったく、あんたらってば……でも、確かに昔はどんな奴だったのかしら……」

そしてロロは女性陣の中に連れ込まれてしまい、俺と長老は姦しいその様を笑って見ながら酒を飲んでいた。

「そういや聞き忘れてたけど……長老は、どうしてこんな速度で帝都までやって来られたんだ？」

「別に大した話じゃないわい。古来より、帝国とウッドエルフは協力関係にあっての。誰かも言ってたじゃろう。『樹海の叡智』とな……じゃから、国宝級の移動魔法陣を繋げてもらっておるのじゃ。ただ長く生き物知りなだけで政治にまで口だし出来るようになるんじゃから、人間とは不思議なものよな」

移動魔法陣って……最速で歩いて数ヶ月かかる距離をか。それは確かに、国宝級だ。何だ、この爺さん、本当にそんなに偉かったんだな……何だか思わず気を抜いてしまうせいで、今更敬語に変えられる気もしないけど。

「……本当に俺は、恵まれているんだな。スキルにも、仲間にも、多くの人にも、相手にも……何だか、ズルをしてる気分だ。俺ばっかりが努力もせずのし上がっていって、素直に喜べないんだよ」

「……そう思うなら、精進することじゃな。しかし、思い出してみるといい。一番初めにトゥイの心を動かしたのは、何の力も無かったお主の自己犠牲だったことを。あやつ、里の全員を怒鳴りつけてお主の救援に行くよう叫んだのじゃぞ」

唐突に零れ出た弱音は、それを覆い隠すほどの事実で上塗りされた。トゥイの奴……初対面の俺相手にそこまでしてくれてたのか。

長老はその時の様を思い出したように、嬉しそうに「かっかっか、昔の儂を思い出すわい」と笑っていた。

「儂から見ればお主のスキルも、大したものではない。ならば、良き仲間を得たのも良き人に恵まれたのも、良き敵と語り合えたのも……お主が引き寄せたものなんじゃないかと思うがのう。少なくとも儂は、お主の力に惚れたのではない。たった一人で『災害』に立ち向かった、その心意気に惚れ込んだのじゃ。人は強いだけの獣は讃えんよ。人の心を動かすのは、いつだって誠意と行動じゃや。お主はもう少し、自分を信じてやれ。じゃないと、お主を信じて付いてきてくれる者に失礼じゃぞ」

言われて、俺は再びわちゃわちゃと騒ぐ女性陣を見つめた。確かに……あいつらとは俺の力だけで繋がった存在とは言えない。もちろん、力が無くても出会えたとは言えない。この力も……俺の一部ということか。

俺は勝手に照れくさい思いをして、魔香に火種を入れて深く吸い込んだ。そうだな……スキルがポンポン手に入るようになったのだって、こいつのおかげで。だとすると、この『吸収』とも巡り会うように出来てたのかもな。

……力を吸い取る、か。確かにそれは呪いみたいなスキルだろう。だけど……俺の最初だって、そんなもんだったはずだ。なら、『吸収』だって使いようか？

持ち主からエネルギーを吸収する……つまり、武器自身に俺の内部にある力を分け与える事ができるんじゃないか？

「……閃いたかも。『吸収』の面白そうな使い方。どうせ三ヶ月あるし……鍛錬も積めそうだ」

「ほほう。流石じゃのう、リーフ殿。三ヶ月後に、何かあるのか？」

「ああ。メリッサ以外の二人……マリンとトゥイとパーティ試験を受けるんだ。新人冒険者として一から始めるためにな。だから、トゥイにあの弓をくれたのも助かったよ。あいつは絶対強くなる……あれだけ悔しがれる奴が、強くなれないわけないからな」

それはまるで世界が広がるような感覚だった。もし、俺の想像が全て実現出来たら……これ以上無い完璧なパーティを作る事ができる。今はそう自信を持って言えた。

「なるほどのう、修行ならば……とっておきの場所があるが、やってみるかの？」

そして、そんな長老の一言から……俺達の地獄は始まるのだった。

第二十二話　魂を削る魔剣

魔剣が出来上がるまで一週間ほどかかり、その間に俺達は旅支度を調えていた。

そうして俺達は長老の転移魔法陣で見知らぬ樹海へ連れ出された。俺がよく知る樹海よりも一層鬱蒼としていて霧がかっていた。

「長老、ここは？」

「『主のたまり場』という地域でな……修行にうってつけの場所じゃ。今のままのお主らなら一晩と保たずに食われてしまうような魔物がうじゃうじゃとおるぞ」

そうして、転移魔法陣のすぐ側（そば）にあった拠点……結界が張られた一角に俺達は集められた。

場に満ちた緊張をほぐすように、三人が口々に周囲を奮い立たせる。

「ふん、上等じゃない。この樹海中の魔物を斬り倒してやるわ」

「わたしも戦闘はしばらくで鈍（なま）ってるだろうしね。強くなれるなら本望だよー」

「そうですね……確かに魔力反応は強いものが多いですが、一匹一匹はそこまでじゃないですよ。むしろ、樹海内に様々なランクの魔物が闊歩していて不思議な事になっています」

それを聞いて、長老は「言いよるわい」と笑う。

「その通りじゃ、トゥイ。ここはウッドエルフが管理している樹海での。魔物も古代の束縛術を使い飼い慣らしておる。魔物の研究所じゃな。じゃから、本当に魔物に食い殺される事はないが……死ぬほどキツくなるので、気をつけよ」

そして、メリッサを指して長老は尋ねた。

「お主は、今どれほどの物なら斬れるんじゃ？」

「……そこに転がってる倒木なら。でも、生きてる樹は無理ね。魔力が通ってるものは刃にも強いから」

メリッサが答えたのは、成人男性五人分はありそうな倒木だった。これを一斬できるだけで相当なものだと思うが……。

そして、長老は「なるほどのう」と呟き、今度はマリンに水を向ける。

「お主は魔法使いじゃったな。『魔力切替』が使えるんじゃったのう。優秀なスキルじゃが、どれほどの規模をいくつ行使出来るかが問題じゃ」

「複数属性の使い分けくらいは出来るけど……同時行使はどうもねー。頭が二つ無いと無理だよー」

「出来るようになってもらわねば困る。この儂が見るんじゃからのう」

なるほど、今の問題点を洗い出そうという事か。確かに、修行の前にやっておくべきことだ。

　しかし、俺はどうなる？　スキルに振り回されっぱなしで『災害』の力なんていうズルを使って戦ってきた俺に……それを捨てろと言われたら、何も出来ないぞ。

「トゥイはまず、その弓を引けるようにならんとのう……ウッドエルフが使う弓より数倍は重い。筋力ではなく骨で引くことを覚える所からじゃな。狙撃の術はその後じゃ」

「はいっ。私、必ず使いこなせるようになってみせます！」

　いや、そうだ。道具に頼ってもいいんだ。そのためにこの魔剣を造ってもらったんだから。ちゃんと力を使いこなせる武器……その扱いが、今の俺の課題だ。

　そのための魔剣じゃないか。俺では扱いきれない力でも、武器に『吸収』してもらえば多少は扱いやすくなる。俺は……今回の修行で、それを体得する。

「では、残るはリーフ殿じゃな。お主は問題点らしい問題点がのう……色々と雑じゃが、強い。これからどの方向へも目指せる原石じゃ。リーフ殿は、どうしたいんじゃ？」

　そう問われて、答えはすぐに出た。

「皆が倒せないような奴と、一人でも戦える力が欲しい。今から『剣神』を目指してちゃ遅い。今から魔法の勉強をしてる暇もない。天性のセンスも役割もない。だから、何でも出来る奴になりたい。いつまでも……スキルに振り回されっぱなしなのはゴメンだ」

「ほう、では……どうする？」

「そのための魔剣だ。扱いきれない力を道具に与えて、制御してみせる。っていうのもさ――」

俺は、今の狙いを長老に説明した。『吸収』の力を持った魔剣で、どうやって何でも出来るようになるか、を。

するとと長老は珍しく驚いたような顔をして、「ふむ」としばらく考え込んだ。

「なるほどのう、お主の体に与えるはずだった魔香の効力を剣に纏わせるか。それは確かに面白い……もし、そんな術が完成すればお主の必殺技になるじゃろう。魔香を攻撃に使うというのは、実は昔からある手法でのう……じゃが、お主が使えば恐ろしい破壊力が生まれるはずじゃ」

その返事に、少しだけ安心した。どうやら俺の目指していた方向は致命的に間違っているとかそういう事ではなさそうだったからだ。

持ち主の体内エネルギーを使って攻撃する武器というものは、実はそう珍しくない。剣に炎を纏わせる魔法剣などが代表だ。しかし、ただ吸うだけで凄まじい効力を保つ毒魔香の成分を付与させる事に成功したのは、おそらく俺が初めてになるはず。

「じゃが、それは他の者より遥かに過酷な修行が必要となるぞい。その剣は呪われていると言っても過言ではない。持ち主の魂を削る魔剣じゃ。確かに使いこなせば強力じゃが、下手をすれば……命さえすり減らすことになる」

そんなもの、覚悟の上だ。俺に懸けられるものなど、自分の命くらいしかないのだから。

「俺は、このままじゃただ丈夫なだけのでくの坊だ。一人ならそれで良かった。でも、皆が俺と一緒に戦おうとしてくれてるなら、俺も皆のために戦える武器が欲しいんだ。それに、冒険者になった瞬間……戦いに死ぬという誓いを立てたつもりだ」

「そうか。そうか……なら、お主だけは特別じゃ。Aランク以上の魔物が詰まった樹海で、魔剣以外は一切使わずに一日一匹倒して魔核を持ち帰れ。それを二ヶ月半続け……達成できたなら、もうその時にはお主を食い殺せる魔物はおらんようになるじゃろうて」

そして俺は、魔境とでも表現すべき樹海に連れて行かれた。一日一匹……この条件だけは、大分譲歩されたのだろう事は分かっていた。今の俺には継続戦闘能力が致命的に足りない。だからこそ、まずは一匹なのだ。

俺はその樹海に足を踏み入れて、改めて決意する。

「最初はいつだって一歩目から始まるんだ。これが俺の第一歩……三ヶ月、歩き続けてみようじゃねえの。その先がどうなっても、気分は良いだろうな」

そして魔剣を抜いて、パイプを左手に添える。魔香を深く吸い込んで、魔剣の『吸収』を発動させてみると……。

「ぐっあぁ……！」

思わず悲鳴を上げてしまった。右手が……いや、右半身が持って行かれた気分だった。まるで体が抉(えぐ)れてしまったような……だが、どうにか薄目を開けて腕自体は無事であることを確認する。

軽く作動させただけでこれか……。確かにこいつを下手に振るえば命ごと食い尽くされてもおかしくない。

だが……俺は確かに見た。剣に埋め込まれている魔核を錬成した珠が回転した時、紫煙を纏っていたのを。

「ハアッ！」

そのまま、適当な岩に魔剣をぶつけてみた……すると、堅牢なはずの岩が粉々に崩れ散った。それと同時に、魔核の回転も止まる。効果を発揮し終えたということか。

「でも……これじゃダメだ。こんな威力にする予定じゃなかったし、魔香どころか魔力、いや命まで吸い取られた……。こんなの斬撃じゃない、有り余る力をぶつけてるだけのままだ。傷つくのが俺の拳か、魔剣かの違い……なるほど、使い甲斐があるじゃねえか」

俺は、こいつと一緒に俺だけの力を手に入れる。決して仲間に心配なんてさせない。頼りになるリーダーになってやる。そりゃ、たった一人でこんな苦境……普通じゃやってられないだろうぜ。それでも頑張れるのは……俺がもう、孤独ではなくなったからだ。

そして、一ヶ月が過ぎた。俺は全ての魔物を一撃で粉砕できた……が、肝心の魔核まで粉々にしてしまった。おそらく、この結果を予想しての条件だったのだろう。あくまで目的は力の調整だ。魔核を残しつつ生命活動を止めさせる。それが一番の困難だった。結局、まともな形で残る魔核は十匹を倒して一つ程度……。

だから、今度は魔香を使わずに挑戦してみた。一匹一匹との戦いは熾烈になり、討伐ペースもがっつりと落ちたが、どうにか一匹から一つの魔核を取る事ができるようになったのだ。

しかし、このままでは魔力の回復が追いつかない。やはり、まだ持久戦など無茶な話だ。おまけに、力を制御しようとするあまり肝心の威力が落ちてしまっては意味が無い。

二ヶ月後、俺はただのハーブを使った魔香を魔剣に纏わせることに成功した。これだけでも大きな進歩だ。一日狩り続けて三つの魔核を持ち帰ることができるようになった。

魔力と体力の消費も明らかに抑えられている。必要な分だけの威力を出すことが出来るようになったということだ。

そうなれば、いよいよ毒の魔香を使った付与術だ。ここまでで、魔剣が確かに俺の摂取したものを『吸収』していることは実感出来ていた。

なら、ただ魔力を込めただけでAランク魔物を切り刻む魔剣が魔香の効力まで取り込めば……どうなるかを考えただけで、武者震いがする。

もう試験も目前。俺は未だに魔香を完全に魔剣に『吸収』させる事が出来ずにいた。必ず制御がブレて、破壊力が強すぎるか火力が足りないかのどちらかになってしまうのだ。

そして、ついに修行最後の日……俺は全身が水晶で出来ている巨大スライムと対面していた。

「泣いても笑っても、お前で最後か……魔核をガッチガチの水晶で固めてる。こんなに分かりやすい魔物もそういないぞ」

だが、それでもAランクたる理由がもちろんある。生半可な攻撃ではあの水晶に傷一つ付けることも出来ず、弾かれようものなら固さとイコールで結ばれる攻撃力の反撃が待っているのだ。

「試してない魔香は……フィジの葉くらいか。身体能力を上げるって効力が魔剣にどう作用するか分からなかったんだよなあ……」

だが、他の魔香はもう持っていない。これで勝負するしかないか、とパイプを咥えて魔剣の核を作動させる。たっぷりと煙を吸い込んだ魔剣が早く壊させろとばかりに小さく唸る。

その唸りを聞いて、何と巨大スライムの方が先に攻撃を仕掛けた。巨体で押し潰そうとするように、大きく跳んで落ちてきたのだ。

「潰されてやるかよっ！」

俺はその巨体を迎え撃つ形で魔剣を振りかぶった。その瞬間、何かが噛み合った。魔剣の意思が腕を通して伝わってくるような。その切っ先まで含めて俺の一部になったような。

――カシャアン、という音色が響いて目の前の巨大スライムが砕け散っていた。そう認識した時、俺はもう剣を振り抜いていた。そして、ぽとりと巨大な魔核が地面に落ちる。

場に静寂が戻り、俺の中には……やっとたどり着いたのだという実感だけがあった。

「はあ、はあっ……やっと、か。ったく、覚えの悪さは相変わらずだな……」

こうして、三ヶ月にわたる俺の修行は終わりを迎えたのだった。明日明後日にでも帝都に戻らなくてはならないタイミングで……ようやく、俺は自分だけの武器を手に入れたのだった。

第二十三話　加入試験

帝都の郊外にある、ウルドギルドパーティ試験会場。『観察』のスキルを持つために人事に充てられているクリフは朝から憂鬱な気分だった。

何しろ、半年に及ぶ遠征から帰ってきた瞬間に試験会場へ連れて行かれたのだ。帰ってから一月は寝て過ごそうと思っていたのに、とスコッチを呪わずにはいられなかった。

大体が、ウルドギルドの試験は新人冒険者の内九割が落とされるようなものなのだ。いかにそれがギルドの方針であり仕事とはいえ、心苦しい事には変わりない。何しろ、不合格を告げるのは自分の役目なのだ。

「クリフ、憂鬱そうね？」

そんな彼に話しかけたのは、同じウルドギルド所属の金級冒険者、アリスだった。クリフと同じパーティであり、同じだけ疲れているはずなのに天真爛漫な笑顔は絶やさない。

「だって、リーフといえば『無能』で知られてるじゃないですかぁ……試験にまでどうやってこぎ着けたか知らないけど、Eランクの魔物にだって太刀打ちできないよ。ふわぁ……さっさと眠りたい……」

「んー、私は楽しみだけどね？　スコッチさんがあそこまで言ったんだもん。そりゃー、期待しちゃうよね。それにほら、これってパーティ試験じゃん。無能君がダメでも拾い物があるかもよ？」

二人がスコッチから告げられた言葉はこうだった。

──可能な限り、厳しい目で見るといい。彼らはそのさらに上を行くからね。

アリスのスキルは『テイム』。今現在の彼女なら脅威度Bランクまでの魔物なら大抵はテイミングできる。専用の道具や餌が必要となるが……それは今はいいだろう。

限定された範囲に起きた全てを把握する『観察』と試験用魔物を用意するための『テイム』。その上である程度は安全な範囲で冒険者をふるいにかける。これがウルドギルド流の試験だった。

「しかし……前衛、中衛、後衛が一人ずつですかぁ……バランスはいいみたいだね」

「人間とウィンデーネ、ウッドエルフっていうのも面白いね。知ってる？　これで合格した暁には『紅姫』とパーティを組むらしいよ？　この三ヶ月間、『紅姫』は山ごもりして、さっき帰ってきたんだってさ」

「……ほう」

アリスの言葉にクリフの眉が跳ね上がる。というのも……ウルドギルドでメリッサは皆の憧れであるのだ。見た目の愛らしさと『剣神』のスキル、あくまで孤高を貫く様から秘密裏にファンクラブも出来ているほど。

クリフもまたメリッサのファンクラブの一員だった。それなら、余計に厳しく見なければ……そう思っていた。

「それじゃ、始めよっか。討伐対象はDランク魔物百体、Cランク魔物三十体でいいんだよね？新人にしてはあり得ない脅威度指定だけど……」

「ウルドギルドに回ってくる仕事はCランクが普通です。そのくらいやってもらわないと、戦力に数えられませんねぇ……」

今、試験場に居るのはパイプの魔香を吸い込んで集中している様子のリーフに、小ぶりな杖を持ったウィンデーネのマリン、それにいやに大きな弓を持ったウッドエルフのトゥイだった。

そして、クリフが試験場に魔力を通すと、試験開始のブザーが鳴る。合格の基準は最低限定められているが、おおよそはクリフによって決められる。実直に評価だけを『観察』する彼はそれだけの権限を持っているのだ。

さあ、開幕。まずはDランク魔物、ポイズンリザードを五体を充ててみて――。

その瞬間、二人の視界が真っ白に染まり、試験場外に居るクリフ達の肌さえ震えるほどの轟音が響き渡った。何事かと見てみると、そこには丸焦げになった魔物達の残骸が転がっていた。

「今のは……中級魔法『サンダー・トール』……？　しかし、あんな馬鹿みたいな高速発動、見たことがありませんねぇ……！」

「うっはー……ビリビリきた。ウィンデーネが雷魔法なんて珍しいけど、ありゃそこらの雷使いより威力は上だよ。でも……そんなに大きな音を出すと、寄ってくるよ？」

アリスの言葉通り、雷鳴を聞き届けた魔物がワラワラと集い始める。まずは遠く右方から二十体以上のオーク達が駆け寄ってくる。

が。マリンからは姿が見えない内から強烈な氷魔法が放たれ、オーク達は一網打尽になった。

「複数属性であの威力!?　え、あり得ない……そりゃ、神級魔法を使い分けてるわけじゃないけど、どうやったらあんなのを連発できるわけ!?」

アリスが驚くのも無理はない。それほど、マリンの魔法技術は異常だった。それもそのはず、マリンは長老の指導の下、二ヶ月間あらゆる属性の魔法を即座に切り替え、最大出力を出せるよう特訓していたのだ。


――『魔力切替』は魔物によって有利な属性を扱えるのが長所じゃ。じゃが、器用貧乏になる恐れもある。じゃから、魔力を練る手順をワンアクションにまで縮めると良いぞ。何、心配はない。魔力回復はウッドエルフの秘術丸薬がよく効くからのう。ぶっ倒れる心配はないぞい。

(長老さん、わたし……できましたよ。この力で、リーフ君を支えるんだから！)

「ま、まだですよぉ……精霊族の魔法に頼り切りでは、パーティ試験は受かりません……」

そして、次はCランク魔物の襲来だ。超上空から襲い来るは三体の雷迅鷹。素早く防御の術を仕掛けなければ神速の一撃を食らう羽目になるが……。

が。二百メートル上空にいたはずの雷迅鷹はたった三本の矢によって撃ち落とされてしまった。百メートルを超える狙撃など、いかなる魔法でも難しい。厳密に言えば、半径一キロを制圧することは出来ても、的確に射貫くなんて出来るわけがないのだ。

一体どこのどいつだ、とクリフは『観察』を広く発動すると、リーフとマリンからつかず離れずの距離からトゥイが弓を射た後の動作で居る事が分かった。全てを把握できるはずの『観察』を以てしても意識の外側だった。

そんな場所から、あの超射程高威力の狙撃が飛んでくるとしたら……クリフはぶるりと身を震わせた。


――『千里眼の強弓』はとにかく、ウッドエルフの索敵術を最も活かせる武器じゃ。三ヶ月でこの弦を引けるようになってもらう。さらには精密射撃の訓練も併行していくことになるが……できるかの、トゥイ？　毎日筋繊維がズタズタになるまでやってリーフ殿に回復の丸薬を作ってもらう事になるんじゃがの……。

(長老、弱いからって何も出来ないわけじゃないですね。私にしかできない事がある……ありがとうございます。この弓できっと、リーフ様の一番の支えになってみせます)

「……ちょっと通信してくるね。こりゃ面白そうなパーティ……流石、スコッチさんのお墨付きだぁ。こうなったら、もっと派手にデビューさせたげないとね！」

クリフはもう目の前のパーティに釘付けだった。派手な魔法で一切敵を近づけさせない絨毯爆撃。遠距離から攻撃しようとしてくる魔物は強弓が射貫く。

そして驚くべき事に、彼女らは開始位置から動かないまま、完全無傷でそこに立っていたのだ。

「何ですか、この連携はぁ……長年連れ添ったパーティでも、こんな動きしたら巻き込むぞ……」

あっという間に用意した魔物は面白いように半分以下の数に減っていく。クリフの胸中にも、既にこのパーティへの興味は膨れ上がっていた。

となると当然……。

「リーフ、君だけが何も見せてない……この審査方式だと、何も出来ないまま終わっちゃいますよぅ……？」

中遠距離主体のパーティは確かに存在する。しかし、そんなパーティでは近接主体の魔物に近づかれたら終わりだ。だが……今この状況ではその局面は作れない。この火力をくぐり抜けられる魔物はBランク以上だろうとクリフは頭を抱えた。

惜しい、いかに新人試験の場であったとしても……いや、だからこそこんな面子（メンツ）を揃えたリーフの底力が見られない事が惜しかった。Xランクの魔物が住んでいるであろう未開拓樹海なら、全員の底力が見られたはずなのに！

クリフも伊達に実力派ギルドの人事を請け負っているわけじゃない。それぞれの自力が既に金級並であることは察していた。だからこそ、その格を持ったメンバーをまとめているリーフの力が見たかったのだ。

「んっんー！　心配しないで、クリフ。今日はいいモノ見られるかもよ？　とりあえず、残ったDランク四十とCランク五をまとめてぶつけてみよっか！」

「……何度も確認しますが、彼らって新人なんですよねぇ……」

「だからこそ、ちゃんと見なきゃね。そら、行け行け、我が従僕達！」

そして、試験場の奥で編成を固めさせた魔物群をアリスは全力で行軍させた。もし樹海でこんな状況になれば、銀級パーティでも逃げ出す案件だ。

しかし、今度は中級魔法の連撃や狙撃だけではどうにもならない。物量とは、それだけで脅威なのだ。

「さてさて、雑魚を相手しながら、でもボス級を迅速に倒せなきゃ辛いよー」

アリスは、実は今回の試験にたった一つだけ意地悪を用意していた。一般的な魔物は大雑把にEランクからSランクまで纏められるが、同じランク内でも順序がある。アリスはその中に発見数が少ないためにCランクに位置づけられている最上位種の硬い甲殻を持った巨大蟲を混ぜていたのだ。

それはもはや、ヘタなBランクより硬く、強い。アリス自身も出すつもりのなかった、とっておきである。

そして、いよいよその蟲がリーフに接近する。しかし、他の二人は雑魚の処理にばかりかまけて、リーフを助けようとする素振りさえ見せない。もしリーフが無能のままなら、守らないと……。

その瞬間……リーフはようやく剣を抜いた。片手剣にしては長く太く、刀身の中心部には魔核を加工したのだろう珠が埋め込まれている。そして、いよいよリーフが殴られる……が、岩を抉るほどの威力を持つはずの蟲の一撃を、左手で止めてみせた。

「うそっ!?　微動だにしてない……！」

リーフが口元に咥えたパイプから大きく魔香を吸い込むと、片手剣の珠が回転し、煙をまき散らし始める。

それはさながら魔剣の闘気。それはそう……言うなれば、魂を削る脈動だった。その瞬間……離れている二人でさえ、背筋に寒いものが走ったという。

第二十四話　何を以てして？

「……あれ、あの剣……何か変じゃない？　煙を纏ってるみたいだけど……なんの意味があるんだろ」

そうアリスが呟いた瞬間。リーフが高く跳躍して剣を振り下ろすと同時に、剣にまとわりついていた煙が蟲に巻き付いた。すると……ガキンっとおよそ剣から発せられたとは思えない音がした。

高名の鍛冶師でさえ困らせる、巨大ハンマーでも壊れないはずの外殻が、あっさりと砕け散ってしまったのだった。

その異常さに気づけたのは、蟲の恐ろしさを知っている二人だから、であった。

「あは、あははっ！　すごい、すごいよ！　鋼鉄並の殻を煙で砕いちゃった！　ねえねえ、あれがリーフのスキルかな？」

「信じられません……煙なんて、実体が無いはずです。ならば、どうして……？」

その理屈の答えは、きっと長老だけが知っていた。リーフ自身でさえ、うっすらとしか理解していないのだ。

結局……たった三人の新人冒険者が、中堅のパーティでも不可能な……合わせて百三十の魔物を無傷で屠（ほふ）るという結果を残してしまった。後にこの試験にいた冒険者のリーダーが……『煙を纏う毒パイプ』と呼ばれるようになる。

まだ試験の全ては終えていないが、彼らが受からねば誰が受かる、という話だ。こうして、ウルドギルドに新たな三人の冒険者が加わる事になるのだった。

「よくやった！　いや、すまない。正直舐めていたよ。『無能のリーフ』がウルドギルドの加入試験を受けるなんて言うものだからな……いや、半年ぶりに帰ってきたらあり得ないほど育っていた」
「うんうん。私の魔物達相手によくやったよ。他の二人もね。このこのー、いい子達捕まえて来ちゃってさ。ウッドエルフにウィンデーネなんて、どうやって連れてきたのよ？」
試験を終えた俺達を、二人の試験官……先輩達は温かく迎えてくれた。青髪の男の方がクリフで赤髪の女がアリスと言うんだとか。これから一緒のギルドになるわけだし、ちゃんと覚えていかないとな。
「違いますよ。私は自分からリーフ様に付いてきたんです。そのための力も鍛えたつもりですが……どうでしたか？」

「いや、素晴らしいよ！　あんな狙撃術、弱点を的確に見抜き寸分の狂いも無く狙わなきゃ成立しない。しかも、一度や二度じゃない。分かるかい？　まぐれじゃないいんだ。決して的を外さない狙撃手は一流パーティでだって通用するよ。これからも是非とも磨き続けてくれ」

「——っ。はい、ありがとうございます！」

トゥイがクリフに褒められている間、チラチラとこちらを見てきたのでとりあえずポンポンと頭を撫でておいた。満足そうにふしゅー、と鼻息を零す様は見てて可愛らしかった。

一方、マリンは早速興味津々な様子でアリスに絡まれていた。

「ねえねえ、あなたは？　私、ウィンデーネなんて初めて見たなあ。ウミってどんなとこ？　肌、青くないんだねー。やっぱりこの目で見なきゃなあ」

「樹海の内陸地と海は離れてるもんねー。わたしは帝国とリーフ君には借りがあってね……って、今更だけど敬語とか使った方がいい？　先輩、なんだよね」

「いいよー、そんなの。実力じゃあなたの方が上だもの。力で劣る人間が偉ぶるほどだっさい事ないからね。ウィンデーネってあんなに複数属性をポンポン撃てるもんなの？　私、そんな魔法使い見たことないいんだけど……」

「あ、それは今回の試験のために特訓して——」

何やら、女同士で話が弾んでいるようだ。そういえば、俺も敬語を使おうとしなかったな。流石にスコッチさんやゼウス殿下ほどの圧がないと自然にそうはならないか。

……それはそれで小物っぽくて嫌だなあ。今まで人と接する事なんて馬鹿にされる時くらいしか無かった事もあるが、これからはコミュニケーション能力も鍛えないと、か？　ったく、鍛錬鍛錬……いや、それはそれで燃えてくるな。

「さて、それじゃあ……これがウルドギルドの冒険者バッジだ。今この瞬間を以てして、君達は我らがウルドギルドの同胞だ！　ギルドマスターより先に言わせてもらおう。ようこそ――とね」

「基本パーティは固定だけど、依頼によっては一緒に組むこともあるかもだから、よろしくね？　私も、あなた達みたいな新人だったらいくらでも付いていくからさー。私の魔物を百匹以上仕留めたんだから、何なら調達にも付き合ってよー」

それは、あんたが百匹以上をまとめて俺達にぶつけてきたからだろう……とは、若輩の身では言いづらかった。こういう距離感が近い人は、何だか恐怖とは別の何かを感じる。

そして、銅色の大木をイメージしたのだろうウルドギルドのバッジをそれぞれ見やすい位置に付けて、俺達は「試験監督、ありがとうございました！」とお礼を言っておいた。

「はは、ついでにスキルがあるなら教え合っておくかい？　アリスは『テイム』、魔物使いだ。そして僕は『観察』って言って限られた範囲内では何でも把握できるスキルで――」

――っ……。世界が、変わった。

その瞬間、試験会場だった場所から……異常な魔力の塊がせり上がって来るのが魔力感知に弱い俺でさえ感じ取れた。感知能力が特別優れたトゥイでさえ反応が遅れたのだ。誰かが声を発する前に……ヤツは現れた。

そう、それはまるで……あの時の蔓龍を思わせる速度だった。

「ぐ……大蛇（グランドスネイク）!?　A級の魔物じゃないか！　アリス、君の仕業か!?」

「そ、そんなわけないでしょ!?　私、Bランクの下位までしか使えないよ！」

そんな事を言っている間に、俺はパッと駆け出して試験会場と皆の狭間に立った。そして、迷い無く首を伸ばしてくる純白の大蛇に向かって魔剣を後ろ手に構えて受け止める。

ズゥン、と重たい衝撃が魔剣を通して伝わってくるが、鬼神の一撃に比べればまだ軽い。Xランクの魔物とやり合った経験が……いや、そこで得た素材にも助けてもらってるな。

どうしてそこまで速く動けたのか……それはきっと、俺がこういう状況に慣れすぎてしまったせいだと思う。

「……先輩達、ウルドギルドに報告しに行ってもらえないか？　これはどう考えても異常事態だろ。見ての通り、俺は防衛の術ならこの中の誰にも負けない。ここは俺達で処理するから、帝都にいち早く情報を広めて欲しい。もし帝都中に現れたなら、未曽有の大災害だ」

「し、しかしっ……」

「頼むよ。ここは俺に……いや、コイツの手柄は俺達にくれよ。バッジがあれば、俺達は仲間だろ？　実績主義の中で、早速実績が向こうからやってきてくれたんだ。こんなチャンス、逃すわけにはいかねえや」

二人はそれでも躊躇い、二の足を踏んでいた。その間に大蛇は首を引っ込め、大口を開けて俺を丸呑みにしようとする。ああ、そこまでは考えてなかった……蛇ってヤツは、頭の二、三倍の獲物を喰うんだっけか……？


「『八の剣……両断』！」


だが、そんな凛とした声と共に、俺の目前まで迫った大蛇の首が、突如ズレた。それはまるで、大蛇の頭が綺麗に切断されたような……そして、その返り血を浴びるのは深紅の髪をなびかせる大剣を持った少女……。

「め、メリッサ！　悪い、助かった！」

「ったく、大事な所で慢心しないの。魔物は常に想定の三倍の自力があると思いなさい……って、あたしが言っても説得力ないか。でも……帰ってきたわよ。これで『剣神』の名に恥じない剣士として、認めてくれるかしら？」

俺達のもとへ着地したメリッサは不敵に笑い、だけど照れ混じりに尋ねてきた。

「ああ、いつだって俺の背中を守ってくれるのはお前だからな。頼りになるぜ、全く」

「ふん。分かればいいのよ。それと……アリスにクリフ。リーフの言うとおり、ここは任せて頂戴。あたしが走ってきた途中では他の魔物は見かけなかったけど、万が一があったら困るわ」

『紅姫』の言うことなら流石に聞いてくれるらしく、二人は外に向かって駆け出していった。さて、流石の大蛇も首がなきゃただのデカブツだが、先ほど油断してやられかけた所だ。

「み、皆さん！　その大蛇の中に……何か、居ます！」

額の宝玉を真っ赤な警戒色に染めたトゥイが、そう叫ぶ。しかし、妙な物言いだった。大蛇がまだ生きているならともかく……何か、居るだって？

どうやら、ただの加入試験さえ順当に終わらせてくれないらしい。神様って奴がいるなら、俺にどんな宿命を与えたのか知りたいところだ。

第二十五話　魔族

「何かって……大蛇の腹の中にか？」

「はい。私でも完全には感じ取れませんが……おそらく魔物です。しかも、とてつもない魔力が隠されているみたいです」

魔力を隠す魔物……？　そんなもの、聞いたことが無い。魔物とは自分の強さを示すために強力な魔力反応を出しているんだ。それによってギルドも脅威度を決められる。縄張り関係や威圧の意味もあり……基本的に魔物は自分の強さを隠そうとしない。

しかし、トゥイの言うことを疑う事もなく俺達は臨戦態勢のままでいた。

「そいつも大蛇に丸呑みされたか？」

「だったら良いんだけどね。その程度ならあたしの剣で斬れるから」

「本当、頼もしくなって帰ってきたよな。メリッサは……」

俺はAランクの魔物だらけの樹海で見つけたデストロ草を魔香にして吸い込む。普通の人間が口にすると三時間で体が裂けるように死んでしまうその毒草は、純然たる『破壊力強化』の魔香になったのだった。

「出てくるよっ……って、人？」

大蛇の腹から現れたのは……全身から大蛇の体液を滴らせた鬼に見えた。というのも、大柄な人形の側頭部に捻れた漆黒の角が生えていたせいだ。

すぐに動く気配は無い。しかし、全身が警鐘を鳴らしている。「コイツは危険だ――」と。

そして、そいつから発せられたのは樹海の人間が使う共通言語だった。低く荘厳な声が俺達の構えを僅かに硬くさせる。

「全く、素直に喰われてくれりゃあ面倒なかったのに……しかし驚いたぞ。『災害』が徒党を組むとはな。やはり、人間には扱いきれぬ力か……」

『災害』の事を知ってる……？　今まで、人間に見抜かれた事は無かった。初見で俺が『災害』の力を持っている事を察知したのは、あの鬼神だけだった。

なら……それって、どういうことだ？

「魔王様復活の贄となれ、『災害』よ。銀の波動……『裂波』！」

聞いたことも無い術式が唱えられ、銀色の炎柱とでも呼ぶべき広範囲に渡る魔法が放たれた。咄嗟に皆を庇おうとして前に出て魔法をかき消そうとするが……忘れていた。

俺が習得しているのは『蔓龍の皮膚』。炎熱系の魔法にはめっぽう弱いのだった！

そして、その銀色が俺を焦がそうとする直前、ぐっと俺は皮鎧を掴んで後ろに引き戻された。代わりに飛び出していったのは……メリッサだ。

馬鹿――と口にする前に、示し合わせたように水流が渦巻いて銀色の炎を消化した。これは、マリンの魔法か。

「樹海の中にも水はある……空気中の水分も操れるようになったんだから、そんなの通じないよっ！　行けぇ、メリッサ！」

「ありがと、マリン！　『七の剣……神衝（かみつき）』！」

炎柱が消えた瞬間、メリッサの神速の突きが奴の腹に刺さる。それでは反撃が……と思ったのもつかの間。いつの間にか右方へ移動していたトゥイの強弓から必殺の一矢が放たれる。

そうか。メリッサの仕事は奴を動けなくすることで、トドメはトゥイが……こいつら、いつの間にか息ピッタリじゃねえか！

試験中の動きもそうだったけど……長老の奴、俺に秘密で連携の特訓までさせてたな？　おそらくは、俺の力を最大限発揮出来るよう、俺に合わせるためだけに……。

しかし。魔法を放った隙に胴を貫かれ頭部に矢を貫通させたはずなのに……奴の声は続いた。

「なるほど……賢（さか）しいな。しかし、凡庸。ただの矢で、我ら魔族は死なんぞ」

「魔族……魔族だとっ!?」

それは、古代に神と戦ったと云われる伝説上だけの存在のはずだ。正確に言えば、神に楯突いた魔王と呼ばれる存在の配下……それが、魔族。俺も、吟遊詩人の歌うおとぎ話の中にしか居ないと思っていた。

　そして、何よりの証拠として……魔族は魔物を操るという。それが真実なら、大蛇をここまで人為的に引っ張って来られたことにも納得だ。

「ぬうっ……！」

　そんな俺達の驚愕の隙に、腹から剣を抜き取りメリッサごと放ると、即座に頭の傷が修復し始める。あれは、『超速再生』か。しかも、あれは蔓龍との戦闘でも見た形式のものだ。

「……リーフ様、里で伝え聞いた限りでは、魔族なるものは魔核を破壊しない限り殺せないはずです。しかも、あの再生力では魔物のようにただ生命機関を停止させるのも難しいと思われます」

「なるほど……防御自体は大してないが、魔核に傷さえ付けなけりゃ不死ってわけか。その魔核も丈夫なんだろうな……」

　そりゃ厄介な話だ。やはり、そのしぶとさでイメージされるのは蔓龍戦だ。あの時は相手が植物の体で、最後には潔く心臓を……今にして思えばあれが蔓龍の魔核だったのだろう……差し出してくれたからこそ掴めた勝利だった。

　それが今度は明確な敵として現れたわけだ。『災害』程の防御術、破壊力なんかは見られないが……それでも面倒な相手であることに変わりは無い。

「我は『波動』の魔族。銀の魔力は魔族の証。そして求めるのは……小僧、貴様の持つ力だ。貴様の事は鬼神の陰で見ていた。が……いかに『災害』の力といえど、素手では我に勝ち目は無い。今なら、貴様の心臓さえ差し出せば他は殺さずにおいてやるぞ？」

頭の傷は完全に癒え、腹の傷も修復されつつある魔族が、そう告げる。その瞬間。


――ピシリ、と音が鳴ったように場に緊張感が走った。


それは、俺が発したものではない。そう……味方である俺でさえ思わずすくみ上がるほどの殺気だった。その元は……いつになく表情を険しくした女性陣三人だった。

「……舐められたもんだなー。わたしの魔法の真髄、見せてあげる」

そう言ってマリンは右手に巨大な水球を生み出し、左手には目に見えるほどの電流を……って、複数属性魔法の同時行使……？

雷を纏った水球は魔族に直撃し、動きを完全に止める。どころか、もはや皮膚は焼け焦げてしまっている。

「ふざけんじゃないわよ！　こいつと競り合うのはこのあたしよ！」

そして、メリッサが大剣を投擲し魔族の両足を切り落とす。その時点で、俺は魔族に向かって走り出していた。そう、先ほど奴自身が教えてくれたのだ。致命的な弱点を。

「リーフ様をもう一人で戦わせないように……強くなったんです！」

トドメに、トゥイが雷迅鷹を射落とした時以上の速射で四肢を撃ち抜く。これで、ようやく奴に決定的な隙が出来た。そう、その一瞬が欲しかったんだ！

「素手なら、ね……。なら、コイツならどうだ？」

そうして振り下ろすのは、デストロ草の放つ紫煙を纏わせた魔剣。それでも足りないと、俺が『災害』から受け継いだ魔力をありったけ吸わせて袈裟斬りにした。それだけ力が増幅された魔剣は完膚なきまでに魔族の体を破壊する――。

そして目の前に、空中に浮いた状態の銀色の球体……あれがこの魔族の魔核だろう。今はもう完全に砕け散っていた。やはり、そうだ。『災害』の力を使って付けた傷はたとえ魔族でも癒やせないのだ。

「くっ、くはっ……はっ、くっはっは！　こ、これが……『災害』の力か！　なるほど、恐ろしい！　しかし……ここで散る事さえも、魔王様のためな、ら……！」

それが、魔族の最期の言葉だった。完全に沈黙して数秒間……十秒経って、ようやく俺達は息をつけた。

「……できれば、事情を吐かせたかったわね」

「無理だよー、あんなの……殺しに来てる以上、やり返さないとね」

「リーフ様の、力……」

どうやら、色々と説明しなければならない事がありそうだ。少なくとも、これから一緒にやっていく正式なパーティメンバーになったのだから、『災害』の事も隠しきれないだろう。

だが今は……。

「難しい事は後にしようぜ。とりあえず今は……俺達の勝利だ！」

その言葉にトゥイは微笑み、メリッサは呆れたように肩をすくめて、マリンは口元に手を添えて笑った。ようやくそれで、緊迫した空気から解放されたような気がした。

このパーティは強えぞ。どんな敵が相手でも負けない自信がある。これは、第一歩だ。俺だけの功績じゃない。皆で作った……俺達のパーティの第一歩だ。

やがて、ウルドギルドの人達が現場にやってきて、様々な検証を始めていたが……乱入してきた魔族の報告だけで良いだろう。起こった事をありのままに話して……俺達は帰路に就いた。

俺のホームへ、新たな住民を迎え入れるために。

エピローグ　その名は

その日、デミの酒場は盛大に盛り上がっていた。店のテーブルは撤去され、代わりに立ち飲み状態で普段より多くの冒険者が騒げるようになっている。

女将さんが言うには「新たなパーティ結成の祝いだよ」と、俺と仲が良い冒険者ばかりを集めて貸し切りにしてくれたらしい。しかし流石に全て無料にするほどの余裕はデミの酒場にも無いだろうし、俺達もまだ払えない、と思って尋ねると、少なくない枚数の金貨が入った財布を見せられた。

それは、もう帝都を去ったというウッドエルフの長老が残していったのだという。俺達が試験会場に向かう前に酒場に訪れて、「きっと合格してくるから、祝いの酒代は儂が出そう」とか何とか。

全く、粋な事をしてくれる。

「最底辺からあのウルドギルドに加入しやがった、出世頭のリーフを祝して——！」

——乾杯！

木製のジョッキがぶつかり合う音が店内に響き渡り、後は飲めや歌えやの騒ぎになってしまった。俺達はそれぞれ三十人以上の飲み仲間と乾杯しなくてはならず、中々飲み物に口を付けられずにいた。しかし、これはこれで悪い気分ではなく、テンションも上がるというものだ。

「聞かせてもらいたい事は山ほどあるんだぜ！　Xランクの魔物を単独で討伐したって話の直後にお前ら居なくなっちまっただろ。その間に帝都中では色んな噂が流れてよ。そんで帰ってきたと思ったらウルドギルドに入ったっていうじゃねえか」

「でも、Xランクの魔物を討伐したなら白金級まで一気に行けたんじゃないのか？　次世代の最強が決まったって皆言ってたぜ？」

そしてやはり、注目は俺達に集まる。仕方ねえ、と俺は声を張り上げて鬼神との戦いから始まって盛り上がる部分だけを切り抜いて語った。

鬼神が真っ正面から素手で向き合ってくれた事を話すと場の盛り上がりは最高潮になり、そもそも俺達がどういう集まりなのかをトゥイ達が語り、俺は今やすっかりデミの酒場の英雄だった。

帝国の英雄――そんな肩書きは、まだ名乗れない。俺にはまだまだ上がある。分不相応な二つ名は誰も幸せになんかしない……だから、成るんだ。英雄の名を背負うに足る冒険者に成り上がって、帝都中の人間をまた見返してやろう。

「そういう話なら、トゥイとマリンはどこに住むの？　今回の報酬が決まったら、宿屋でずっと暮らす事もできるだろうけどさー……まだ冒険を続ける気なら、一緒のとこのが良くない？」

　お代わりを運んできたカルアが言うと、トゥイとマリンは顔を見合わせた。そういえば、バタバタとしてて忘れていたけど……正式な住居は決まってないんだったか。

　その時、カウンターにいた女将さんが、さもふと思いついたように話しかけてきた。

「二階の部屋はまだ空いてるよ。いつかあんたに仲間が出来た時、一緒のホームに居た方がやりやすいだろうと思ってね」

　そんな提案に、また場は騒然とした。なぜなら、俺だけがデミの酒場の二階を使わせてもらってる事を妬（ねた）まれる事がよくあったからだ。実際、ここをホームにしたいという冒険者は多かったはずだ。となれば、宿屋よりは安いが安定した部屋代を取れる。

「おいおい、女将さーん！　そういう話なら、俺だってカルアちゃんと一緒に住みたいぜー！」

「いや、俺はロロちゃんと……」

「あんたらみたいな見込みのない奴らに部屋なんか貸すもんかい。ウチの部屋は高いんだ。鬼神を討伐してゼウスギルドにでも入ってきたら、考えてやるよ！」

　そんな声達を、女将さんは一喝して止める。もちろん、持ち主にそう言われてしまえば客達は何も言えない。ただ、俺にさらなる嫉妬の視線が集まる。しかし、俺もまたそれどころではなかった。

「ど、どうしてそこまで……俺なんか、せいぜいドブ浚（さら）いしかしてこなかったじゃないか」

「投資だよ。冒険者として最低のスタートを切って……あの『金獅子』に目を付けられながらも、あんたはアタシの知る限り一番頑張っていた。その負けん気があれば、いつかきっと大物になると思ってたからね。アタシも今じゃ酒場の女将なんてやってるけど、昔はよく虐められてててね……だけど、絶対に見返してやるって気概だけはあった。あんたにも、同じものを感じたのさ」

……見られていた。見てくれていた。そりゃ、今じゃ俺は帝都中の注目を集めているのかもしれない。だけど、その前……力を手にする前から見込んでくれていたのだ。将来性なんか欠片(かけら)も無かったはずの、ド底辺の俺を。

その事実に、思わず目頭が熱くなる。いけない、普段より酒のペースが速かったかな。

「幸い、ウチの従業員は稼ぎが良くてね。元々は誰にも二階を使わせる気は無かったんだよ。でもまあ……ようやく貸してもいい仲間に巡り会えたらしいからね。といっても、アタシが用意できるのはせいぜい三、四人分しかないけどね。嫌だったら、ウルドギルドに頼ればホームは別で見つかると思うけど、どうする？」

そんなの……分かりきっている話だ。その証拠に、女将さんはニマニマと自信に満ちた笑みを浮かべて、カルアは「素直じゃないなあ」と笑っていた。

「……いや、住み慣れた場所がいい。違うか、そこまで見込んでくれた女将さんに報いたい。俺はずっとこの酒場に支えられてきたんだなって、今更気付いたよ。なら、これからは恩返しの時だ。たっぷり稼いでたっぷり飲んでたっぷり食うからさ。これからもよろしく頼むよ、女将さん……って、俺が決める事じゃないか。トゥイとマリンはそれでいいか？」

俺は振り返り、一番の当事者である二人に尋ねた。しかし、二人も笑顔で即答してくれた。

「はい！　リーフ様と共にあるなら、それだけで十分です。これからも、支えさせてください」

「わたしは元々隔離部屋みたいなとこでほったらかしにされてたしねー。ベッドと美味しいご飯があれば満足だよ。もちろん、ちゃんと稼ぎの手伝いはするから」

と、そこまでは良かったが血相を変えたメリッサがカウンターの前に来て声を荒らげた。

「ちょ、ちょっと！　何よそれ……ずるいじゃない。あたしもここに住むわ！」

「メリッサはもうウルドギルドで世話になってる宿があるんじゃないか？」

「別に。ここと違って、ギルドの持ってる宿の一室を借りてるだけよ。他の冒険者のためにも空けてあげればいいのよ」

ふん、と鼻を鳴らしながら言うメリッサ。だけど……ウルドギルドが提供する部屋はよっぽど高級なはずだ。ここは、どこまでも温かい場所だとしても場末の小さな酒場でしかない。

「でも……料金も別途でかかるぞ？　それに、言っちゃ悪いけどウルドギルドの宿よりは質素な暮らしになるっつーか……」

一応の心配としてそう言っておくと、メリッサはかーっと耳まで朱に染めて怒鳴りつけるように叫んだ。

「あ、あたしもあんた達と一緒に住みたいの！　パーティを組むんだから、近い方がいいでしょ？ったく、本当に何も分からないのね！」

ああ、そうか。それはそうだ……まるで、仲間はずれだったたか。俺は「悪い悪い」と微笑み混じりに謝って、女将さんに四人揃って頭を下げた。

「それじゃ、これからもよろしくお願いします！」

「はん。そこまで言うなら仕方ないねえ……ああ、そうだ。あんた達、固定パーティを組むなら名前を付けたらどうだい？　実績を積み重ねたパーティ名には箔が付くよ」

そういえば……帝都で有名なパーティは決まって名前を持ってるな。依頼ごとの即席パーティを組むなら、確かにその方がいいか。

そして、いつの間にか酒場の……そして、他の三人の視線さえ俺に集まっていた。

「……え、俺が考えるの？」

思わず指を自分に向けて聞き返してしまった。それを見て、三人は気が抜けたように、しかしどこか嬉しそうな顔つきをしていた。

「あんたがリーダーでしょ。そのくらい決めなさいよ」

「私はリーフ様が気に入ったものがいいです」

「わたしもー。でも、ダサいのはやだよ？」

それなら……と考える間も無く、ふと頭に閃いた単語があった。いや、でもこれはどうだろう……。いや、言うだけ言ってみるか。

「それじゃ……『銀狼』、とかどうかな」

その名前の意味を、その場に居た全員が即座に理解したようで一瞬場が静まった。俺は言い訳をするように、言葉を続けた。

「『金獅子』にケンカ売るみたいになるけどさ……やっぱり、俺が頑張ってきたのは……逆境があったからだと思うんだ。もちろん、感謝なんか微塵もしてないぞ？　あいつらには憎い気持ちしかねえよ。だから……うん、だからこそ、『銀狼』なんだ。この名前で俺は『金獅子』より上に成り上がる。それこそ、見返すって奴かなって思うんだ」

そう、見返すんだ。俺の目的は、いつだってそこに合った。帝都中の……いや、この樹海の隅々まで俺達の名前が広がるくらい。それこそ……本当の成り上がりだって思うんだ。

「リーフ様……そうですよ。やってやりましょう！　私達も、誠心誠意お手伝いします！」

「金の獅子に噛みつく銀の狼ね……いいじゃない、燃えてきたわ。パーティっていうのは、やっぱり良いわね。一人じゃこんな事しようって思わないもの」

「わたしはリーフ君の奴隷だからねー、なんちゃって。どうせ樹海に来たなら一番を取ってから海に帰るのもいいかもねー。うんうん、悪くないんじゃない？」

三人……正式にパーティメンバーになった面々に不満は無いらしい。正直言ってネーミングセンスには自信が無かったから安心した。

「ははっ、頼もしいな。それじゃ、これからも頼むぜ。皆がいてこそ、俺はここまで来られたんだ。もっと先を目指すために、力を貸してくれ」

俺のそんな言葉に、三人は顔を見合わせて大きく笑った。周囲にもそれが伝播していって、酒場はまた笑い声に包まれる。

その返事を受けて、俺は改めて決意することができた。俺は『銀狼』を世界一の冒険者パーティにする。それが、これからの目標だ――。

「リーフ様……」

トゥイがそれを察したのか、隣にそっと沿うように歩み寄る。

「トゥイ、ありがとな。こんなところまで付き合わせちまって……」

トゥイは今さら何を、と言うようにニッと小さな唇をつり上げて俺の手を握った。

「それは私の台詞です。ここまで連れてきてくれて、ありがとうですよ。末永く、よろしくお願いします」

そう言ってくれて何よりだ。それなら……。

「よし。今日は思い切り飲んでやる！　明日からまた忙しくなるぜ！」

俺の音頭に、各々ジョッキを掲げてそれぞれ「おー！」と返事してくれたのだった。

番外編　リーフの過去

　それは、酒場で集まっていた時の話。今宵もデミの酒場は大忙しで、俺達は二階でその様を見ながら話し込んでいた。

「そういえば、結局ロロからは聞けなかったけど、リーフの過去って何があったの？」

「何だよ、急に」

　メリッサが思いついたように炭酸甘水を飲みながら問いかけてきた。

「あ、それ私も気になってました。こうやって酒場の皆さんと仲良くなったエピソードがあったんですよね？」

「帝都中から嫌われてたのに、ここをホームにできたんだってね。やっぱり女将さんに好かれたからなの？」

　ああ、と俺はぼやくように相づちを打ちながらジョッキを傾けた。それは思い出すのも懐かしく、だけど俺の根幹にある話だった。

「まあ、昔の話だけどな……この酒場に、サラって幽霊が出たことがあったんだよ。こいつがまた厄介な奴でな……」

俺は当時の気持ちに帰りながら、遠い過去に思いを馳せた。

それはそう、今から数えて六年ほどは前の事だ。

◇

ようやく酒を飲めるような歳になった俺は、大きな酒場からは出禁を食らってしまっていた。別に何かをしでかしたわけじゃない。『金獅子』に嫌われているというそれだけの理由で主だった酒場は面倒事を避けるように俺を追い出していたのだった。

そんな俺を迎え入れてくれたのは、亜人が経営するというデミの酒場だけだった。俺は数少ない銅貨を握って一杯をちびちびと飲みながら一人でパイプを吸う毎晩を過ごしていたのだった。

そんなある日、デミの酒場にある男が駆け込んできた。

「誰か、誰かプリーストはいないか!?　悪霊に憑かれちまった！」

悪霊。それは無念や未練のせいで成仏出来ずにいる死霊族の一匹だ。奴らを祓うには神聖術が必要とされている。

声のした方を見てみると、そこには確かに肩に黒い影を宿しているのが見えた。あれが悪霊って奴か……。憑かれたが最後、自分と同じような死に引きずり込むまで離さないという厄介な存在だ。

「や、やめろよ。こっち来んな！　プリーストなんて奴がこんな酒場にそうそう居るもんかよ！」

「そんな……長い付き合いじゃねえか。助けてくれよ！」

「そりゃどうにかしてやりたいけど……そいつばっかりは仕方ねえよ。金なら出し合ってやるから、どうにか教会に行ってだな……」

金。そんな話に流れていこうとした時、思わず俺は立ち上がっていた。そして、騒動の中心に向かってこう言ったのだ。

「その金、俺にくれるなら……悪霊は俺が引き受けてもいいぜ」

そっと視線が俺に集中するのが分かる。期待、興味、そして失望。いつもの事だ。『無能のリーフ』に何が出来る、という目線。

そんな俺に、悪霊に憑かれている男が涙目で聞いてくる。

「お前……本気か？」

「ああ。悪霊って奴は心の闇が好きなんだろ。俺以上に負を抱えてる人間なんてこの帝都にゃそうそういないぜ。どうだ、銀貨一枚で命が買えると思えば安いもんだろ」

「いや、見ず知らずの小僧にそんな事させるわけには……って、おい！」

俺がその影に手を伸ばすと、影はしばし迷った後に俺の腕に巻き付き背後に取り憑いた。

「くそっ……どうなっても知らねえぞ、この命知らずが！　ちくしょう、これでお前が死んだら俺が殺したみてえじゃねえかよ！」

「安心してくれていい。俺は無能だ。どこでどうくたばろうと誰も困りはしない。もうどこにも居場所が無くなってたんだ。銀貨分の贅沢をしてのたれ死ぬのも悪かねえ」

しかし、別に体が急に重たくなったりだとかは何もない。悪霊だなんだって言っても話が出来るわけじゃないのか、つまらん……そう思った瞬間だった。

「へえ。私とお話ししたいなんて変な人。分かってるの？　あなた、これから殺されちゃうんだよ？」

見知らぬ少女の声がした。しかも、影のある方から……振り返ると、そこには俺と同じ黒髪を伸ばした爛（ただ）れた皮膚に赤黒い目をした少女が浮いていた。

「じ、実体化……もうダメだ。金貨単位で動くプリーストでしか祓えねえよ……」

「そう言ってやるなよ。『無能のリーフ』なら、亡霊だって愛想を尽かしていなくなるかもしれねえだろ」

周囲はざわついているが、生憎（あいにく）俺は死霊族どころか魔物にさえ詳しくない。それに、顔が醜い程度でビビるようなタチじゃない。

「銀貨一枚、いただいていくぜ」

俺は男から金をいただいて、酒場を出た。冷たい風が吹きすさぶ季節で、一人歩きをするには寂しい所だった。

「お前、名前はなんていうんだ？」

「私はサラ……ねえ、怖くないの？　私、悪霊なんだよ？　顔は醜い、気配は怖気、行く果ては悲惨な死だっていうのに、随分平気そう」

「俺はお前が醜いとは言えないし、いつも悪意に晒されてるから、慣れてる。死んだことはないから、いまいちよく分からないな」

「……やっぱり、変な人」

サラはどこかつまらなそうに俺の隣でふよふよと浮いている。道ばたの小石を蹴る事が出来るのを見るに、どうやら通り抜けたりはしないようだ。それを見た人々が慌てて逃げていくのを見るに、俺達が歩む様は随分おぞましいものになっているのだろう。

そして、俺は魔道具屋の露店に顔を出して銀貨一枚を受付に置いた。

「店主さん、これで買えるとっておきのポーションをくれ」

「あいよ……って、ひぃっ！　ぼ、亡霊じゃないか……悪いが、そこまで膨らんだ未練を浄化できる薬はないよ」

「そんな事は頼んでない。ポーションが必要なんだ」

そして俺は半ば強引に上質なポーションを買って、再び路地裏に入った。

「何をするつもりなの？」

「いいから、目を閉じてろよ」

俺はポーションの蓋を開けると、サラの頭からぶっかけた。突然の事にサラは「みぎゃ！」と驚いていたけど、ポーションが垂れる端からジュウ、と彼女の全身を溶かしていく音が聞こえる。

「な、何するの！」

「おお、無事だったか。良かった、いい顔になったぜ」

「は……？　って、これ……」

サラは自分の手足をよく見て、自分の頬に手を当てて信じられないという顔で店のガラスと見つめ合った。その瞳には、すっかり肌も綺麗になった、目尻が柔らかい素朴な顔立ちが浮かび上がっている。

「昔、何かの本で読んだんだよなー。アンデッドにポーションをかけると肌が綺麗になるって笑い話」

「あ、あなた……大事な銀貨だったんじゃないの？　それをそんな実験のために使ったわけ？」

「大事な事だろ。どうせ殺されるなら、可愛い子に殺されたいからな」

俺にとっては、これ以上なく有意義な使い方なのだ。それに……。

「もちろん、お前が実体と意思を持ってることの確認も大事だった。脳まで解けた死霊の相手まではしてられないからな。まだ考える頭があるなら……未練を果たして成仏するって手もあるんじゃないのか？」

「……無理よ。私の獲物はもう死んでしまったもの」

そうぽつりと語るサラを連れて、俺は帝都の城門前に向かって歩き出す。別に目的地があるわけじゃない。ただ、何かから逃げるように歩き回るのはいつもの癖だ。

「そっか。それでもまだ、未練があるのか？」

「こうして魂が残ってるんだし、そうなんじゃない？　あんな奴ら、どうでもいいはずなのに……死霊になって出てきたのは私だけ。ふざけてるわ、本当に」

「そいつらって……誰だ？」

「私の両親。帝都に遊びに行こうって連れ出して、道中でゴブリンの群れに襲われて私を餌に逃げていった。結局、全滅したけどね。あいつらが死霊になってないってことは、私の事なんか気にしてないってことじゃない。なのに、私だけこうしている……笑えるでしょ」

ぽつぽつと語られる言葉に釣られたように、空も涙を落とし始めた。風もないままに豪雨だけが降り注ぎ、通りは一気に閑散とした。

「それで、関係無い他人に取り憑いて同じように殺すのか？」

「……そうよ。だって私って、そういうものになっちゃったんでしょ。今も本能が騒ぐのよ。あなたを呪い殺せって。そして、多分私にはそれを出来る力がある。だったら……この苦しみから逃れるためなら、殺すしかないじゃないっ……！」

血を吐くような悲痛に、俺はパイプを取りだして火を入れる。一度温めてしまえば雨の中でも吸えるのがパイプの良いところだ。

「そうだな……そうかもしれない。だけど、そうじゃないかもしれないぜ」

「何よ……説教でもするつもり？」

「いいや、馬鹿にするつもりだ。どんな力だって使いようだ。だってのに、ただそう生まれたからって理由で思考放棄は良くないな。俺だったら見返してやろうと思うけどな。どれだけ強くなっても、自分の誇りまで捨てちまったら終わりだよ」

「――っ！　あなたはそうでしょうね、きっとそこまで言うならすごい力を持ってるんでしょ。好きなように生きるだけの力がね！　皆が皆、そんなわけじゃないのよ。あなたこそ……他人の痛みを理解できない馬鹿じゃない！」

サラはそう怒鳴って、雨の中でどこかに向かって走り去っていった。だが、まだ取り憑かれている感覚は残っている。どうせいつかは、自我も崩壊した単なる悪霊に呪い殺されるのだろう。だったら……。

「この辺りでゴブリンの巣か……となると、あそこだな」

俺もまた、雨に打たれながらろくに使えもしない剣を片手に城門の外に向かって歩き出した。

◇

「あった。ここがゴブリンの巣だな……」

街の外に住む魔物は大木の洞（ほら）に潜む。流石に帝都レベルの都市になると定期的に魔物は排除されるが、今回はその合間を縫ってサラ一家が被害に遭ったのだろう。

そこには、十数体のゴブリンが溜まっていた。樹海から流れてきたか、新たに生まれたか……そんな所だろう。

——ゴ、ガギ……ニンゲン、ダ。

そして、ゴブリンは樹海語を操る。人間に近しい声帯を持っているためだろう。とはいえ、ガビガビとした声質で聞くに堪えない。

「別に俺のガラじゃないんだけどな……知らねえ奴の仇討ちなんて」

——オンナ、ジャナイ。コロセ。

——コノアイダノザコ、ヨリ、ヨワイ。

「だけど、許せねえもんは許せねえんだよなぁ——！」

俺の目の前には、無残というにもあまりに酷い様になっている……サラの遺体があった。女として……いや、人間としての尊厳を踏みにじられた姿で。

「あああぁぁ！」

吶喊して、剣を振り回すようにゴブリンに斬りかかる。俺に討伐の資格は無いが、それはただ報酬がもらえないというだけのことだ。

そうなれば、所詮は最弱に位置するEランクの魔物。俺だって冒険者の端くれだ。このくらいは……。

「どぅふっ……！」

だが、武器を持った十歳そこそこの子供十数人に囲まれて……俺が勝てるかという話だ。俺のような弱小冒険者にとって、ゴブリンの群れは立派な脅威なのだ。

一度倒れてしまえば後は袋だたきにされる。打撃の一発一発は弱いが、それ故に精神を削られる。じわじわとダメージが蓄積していくのは、まるで拷問だった。

「……こんなもんが、何だよ。お前は、もっと辛かったんだよな、サラ……」

俺にとってサラはそう深い関わりがある存在じゃない。ついさっき出会ったばかりの、人間ですらない、俺を呪い殺すと言った悪霊でしかない。

だけど、一人だったじゃないか。誰も彼もに忌み嫌われ、ばい菌のように扱われ、存在していることさえも否定されてるように。それを俺は、俺だけは受け入れなきゃダメだろ。

「独りぼっちの奴だけは、見捨てらんねえんだよ……！」

だから俺は、殴られながらも立ち上がり、手近にいたゴブリンの首を一つ刎ねた。続いてもう一四、と行きたい所だったが不意を衝かなければ倒せない。即座に連携の取れた動きでゴブリン達が俺の背後を取る。ナイフを刺されるが……知ったことか。声を上げて剣で薙ぎ払い切り傷をつけていく。

「っ！」

こいつらだって人間と同じ構造をしているはずだ。なら、斬られ続ければ死ぬだろ！

その瞬間、大ぶりになった俺の手元をゴブリンの矢が射貫いた。剣を持っていられず、取り落としてしまった……その瞬間、全員が総出で武器を振り下ろしてくる——！

……何が起こったか、理解できなかった。凄まじい轟音と共に、大木が崩れた。


「げほ、こほっ……何だ、これ……落石？　こんなにデカいのが？」

見てみれば、土埃を上げながら遥か崖の上から岩が降ってきたようだとようやく理解できた。

だけど、どうしてこんなに都合良く……？

「全く……あなたって、本当に無茶な人ね」

ふと聞こえてきたのは、もはや懐かしいサラの声だった。振り返ると、ふわりと浮く死霊の姿のままで、彼女はそこに居た。

「こんなにボロボロになって……それで私が成仏出来なかったらどうするつもりなのよ。無駄死にするなんて、馬鹿じゃないの」

「どう、して……」

「今の私はあなたに取り憑いてるんだから、居場所くらい分かるわよ……それと、街で聞いたわ。あなた、『無能』なんですってね……この戦いを見れば納得できるけどね。ゴブリン相手に苦戦するなんて、まるで一般人じゃない」

　全く、返す言葉も無い。俺はその場に仰向けに倒れ込んで痛みながらも動く腕でパイプを取りだし一服する。傷ついた体に煙がよく染みる。

「悪かった、わね。どうせ力があるから、なんて言って。そんなに弱いとは思わなかったもの。冒険者の格好してるんだから、私の価値観とは合わないんだって、勝手に思い込んでたわ」

「別に。他人がどんな思いをしてるかなんて、当人以外には分からないもんだろ。それでいいんだと思うぜ。それでも思い合うから、繋がりって奴が生まれるんだろ。俺にはよく分かんねえけどな」

「……だからあなたは、私のために戦ってくれたの？　たった一人で、ろくな力もないくせに、一歩も退かずに……？」

　その問いには答えられなかった。俺自身、どうしてここまでしているかなんて分からなかったからだ。ただ、衝動のままに動いた結果がこれだ。無様だと嗤われても、それみたことかと嘲られても仕方ない。

　ただ、このハーブの香りが心地良い。それだけで俺は満足だった。

「……あ、お前の遺体……ちゃんと火葬してやろうと思ってたんだけどな」

　ふと、目の前に広がる惨状を見て、それはもう無理だろうと悟った。身の丈を越えるほどの大岩が完全に押し潰してしまったことだろう。

　だが、サラの顔に後悔は無かった。

「いいの。どうせ酷いことになってただろうし……見たくもないわ。何、本気で私を成仏させるつもりでいたわけ？　それで思いついたのが遺体を弔うこと？　呆れた、単純な思考回路ね」

「悪かったな……俺の頭は元々出来が良くないんだよ。それ以外に、お前を救う手段が思いつかなかった」

「どうしてそんなに……してくれたのよ。酒場で余計な事せず酒だけ飲んでおけば、傷つくことなんて無かったのに」

「そんなことしたら、俺の誇りに傷が付く。どんな目に遭ってようが、俺の筋を曲げたら負けなんだよ。それだけだ。お前のためなんかじゃない」

結局の所、ミイラ取りがミイラになる手前で死者に救われただけだ。どれだけかっこつけようが、俺がかなり惨めなことに変わりは無い。

と、そこでサラは俺の頭を抱えて膝に乗せた。血の通わない体はひんやりとしていて心地よかった。

「……見てたわよ、聞いてたわよ、全部。死霊になって、初めて良かったと思えたわ。でもね、私は独りぼっちなんかじゃないわ。あなたがいたもの。私の無念を晴らすために命を懸けてくれたあなたがいたもの。それだけで……私の死は、報われたわ」

徐々に、サラの太ももの感覚が薄くなっていく。肉に頭を乗せていた感触から、綿に支えられるような感触へ。

「ねえ、私一つだけ忘れてたわ。どうしても成仏できなかった理由……私ね、一度でいいから恋をしてみたかったの。それが叶って、ようやく消える事ができそう。あなた、格好良いのは見た目だけじゃないのね」

「サラ……？」

「忘れないで。他の誰がどんな噂をしていようとも……あなたは、私の英雄よ。あなたは、誰かを救うことができる尊い人。それだけは、私が保証するわ。人を呪い殺すしかなかった私の運命を、あなたは変えてくれた。だから……」

綿のような感触は徐々に空気に近い軽さへ。それでも俺は、視線を逸らさなかった。今度こそはこの少女の最期を、見届けたかったのだ。

――ありがとう、リーフ。

サラの顔がゆっくりと近づいて、唇が触れる直前……風が葉を浚うように、あまりに自然にサラの姿は消えてしまった。

「……はっ。キスはお預けか……ま、悪くない一日だったか」

これは、誰にも語られる事の無いはずだった物語。俺が頑張り続ける事が出来る理由をくれた、俺にとっての恩人の鎮魂歌。

俺の生涯において、恋をされるなんて……きっと、最初で最後だろうな。

「……どうしたのよ、リーフ。途中で黙り込んじゃって」

「ああ……いや、そう。そこでゴブリンを蹴散らして、無事サラは成仏したわけだ。そんで、デミの酒場に帰ってきたら大盛り上がりでな。俺にサラを取り憑かせた奴に酒を奢(おご)ってもらって、朝までどんちゃん騒ぎしたもんさ。それからだったな、俺がデミの酒場の常連客になったのは……」

流石に、あんな結末を誰かに語るわけにはいかない。キス直前でフラれたなんて話、恥ずかしくて誰にも出来ないからな。

「それからも旅の仲間は見つからなかったけどな。ずっと一人で……でも、帰ってくる場所だけは出来た。その点に関して言えば、俺はここに居たからこそ冒険者を続けられたんだと思うよ」

「そうですか……でも、もう私達はいますよっ。決して、リーフ様を孤独になんてさせません。貴方の歩んできた道は、無駄じゃなかったってことですよ！」

そんなトゥイの言葉が有り難い。それなら私もわたしも、と続いてくれる仲間さえいる。

なあ、サラ。お前の言うとおりだったよ。諦めず前を向いていれば、絶対に報われる瞬間ってのは来るもんだな。

パイプを咥えて、あの時吸ったハーブを中に入れる。こんな安物、もう吸う事はないと思ってたけど……懐かしむ気分ってのはあるものだ。

――良かったね。リーフ。ばいばい。

そんな、聞き覚えのある声がどこかから聞こえたような気もするが……それが現か幻か。そんな事を議論するのは、たとえ酒の席でも無粋ってもんだ。

あとがき

初めまして、藤田作文と申します。

まずは、この本を手に取っていただきありがとうございます。

あとがきは好きに書いて良いとの許可が下りましたので、思うがままに書こうと思います。特典SSや本文の書き下ろしより、あとがきに時間をかけたかもしれません。

本作、『パイプ使いは紫煙を纏う　~俺だけが使える毒草からスキル無限採取術~』は喫煙具を持っている主人公を書きたいという思いから生まれたものでした。紫煙を口元から吐き出しながら戦闘態勢に入るその一瞬を書きたいがための作品です。

今のご時世にこんなものを出す自分も自分ですが、出そうと思ってくださった編集さんや許可してくださった編集長さんには本当に頭が上がりません……。

また、書籍化にあたって担当編集さんには大変お世話になりました。何もかも不慣れな自分に温かい言葉をかけてくださったり無茶な要望にも応えてもらったりあちこちで調整していただいたり……営業の方も広く声を掛けてくださったようで、この本に関わった全ての人に感謝の念が尽きません。

そして、この本において欠かせないのがイラストレーターの桑島黎音さんです。本当に素晴らしいイラストを描いてくださり、ラフ画がもうラフの出来じゃなく、少ない設定資料と外見描写も少ない本文から……色々と読み取っていただき、本当に驚きました。

キャラデザをもらった私は「かっこええええ！　かわええ！」の連呼でした。作者も想像だにしなかった大事件でした……。

特に表紙と四人の会話風景がお気に入りで、細かい部分の修正も編集さんと共に練り上げて本当に素敵なものに仕上がったと思います。

桑島黎音さんとの出会いは、イラストレーターさんを探していてツイッターを巡っているうちにドストライクな画風を見つけて編集さんにお願いすると、ちょうど編集さんも桑島黎音さんを候補に出そうと思っていた、というものでした。

そして快く引き受けてくださったのですから、本当に運命だったんだなと感じています。

さらに、何と言ってもここまで読み進めてくださった読者様には本当に感謝しております。本当に多くの人に支えられていたんだなあ、と実感する毎日です。

『パイプ使いは紫煙を纏う』という本を出せた事は、人生の誇りになると思います。それだけ素敵な人に囲まれて良いものに仕上がったという自信があります。


さて、この辺りで自分語りを少しだけさせていただければと思います。

自分自身タバコと宴会が大好きなのですが、それにも理由があります。私がまともな学生生活を送ったのは、諸々の事情により大学だけなのです。義務教育って何ですかという反骨精神は特に持っておりません。大学に入ったのも二十歳ちょうどでした。二十年経ってようやく人並みに集団生活を送ることができたのです。

その時、タバコを先輩に勧められなければ、きっと関われない友人も多くいたでしょうし、初めての宴会は今でも鮮明に思い出せるくらい楽しかったです。


お酒と喫煙関係には厳しい時代になって来ましたが、それを通してコミュニティが生まれたりと、プラスの効果をもたらす何かがあるというのが私の考えです。

大分極端ですが、これがなければ私は楽しい会話も親しい友人も大切な時間も紡げなかったことでしょう。

私は小説らしき文章の羅列を書き始めてから、もう二十年近く経とうとしているのですが、思えば作風がガラッと変わったのは大学生活を経てからですね。昔はひたすらに暗い、友達に読ませてドン引きされるものばかり書いていていました。未だに文章が硬いと言われるのは、この辺の名残かもしれません。

しかし、タバコを咥えだしてからは『自分が書いていて楽しいもの』ではなく、『読者を楽しませるもの』を書き始めたのです。

その二つの経験が混じり合って、『自分が書いていて楽しいし、読者も楽しんでくれる』ものが出来上がりました。これが、本作になります。

書き始めた当初は軽い思いつきで始めましたが、私はもしかしたらタバコから生まれるものもあるんだよ、なんてメッセージを伝えたいがために毒草をパイプで吸わせて強くなる主人公を作ったのかもしれません、なんて。

本作において重要なのは、喫煙する主人公、燃えるような激戦、締めは皆で乾杯、そして銀髪褐色ヒロインです！

昔からの夢だった要素を世に出せて、本当に幸せです。もちろん本作に出てくるキャラクターは全て愛していますが、特にリーフとトゥイに関しては思い入れが強いですね。

こうしてみると、一冊の本に込められた多くの人の思いというものは強いものですね。苦手だったあとがきでじっくり語ってしまいました。

あまり小難しい事は考えず、これからもとにかく皆さんを楽しませるものを提供していくので、これからも『パイプ使いは紫煙を纏う』をよろしくお願いします。

ヒロインたちは可愛く、
主人公はカッコイイ…
とても描いていて
楽しい作品でした!!

SQEXノベル

パイプ使いは紫煙を纏う
～俺だけが使える毒草からスキル無限採取術～

著者
藤田作文
イラストレーター
桑島黎音

2021年4月7日　初版発行

発行人
松浦克義

発行所
株式会社スクウェア・エニックス
〒160－8430
東京都新宿区新宿6－27－30　新宿イーストサイドスクエア
（お問い合わせ）スクウェア・エニックス　サポートセンター
https://sqex.to/PUB

印刷所
中央精版印刷株式会社

担当編集
増田翼

装幀
百足屋ユウコ+石田隆（ムシカゴグラフィクス）

この作品はフィクションです。
実在の人物・団体・事件などには、いっさい関係ありません。

ISBN978-4-7575-7192-1 C0093　